Christina Erbertz

Der Ursuppenprinz

W0387045

Christina Erbertz

Der Ursuppen-Prinz

Mit Illustrationen von Daniel Napp

GULLIVER
von BELTZ & Gelberg

MIX
Papier aus verantwortungsvollen Quellen
FSC® C089473
www.fsc.org

www.beltz.de
© 2014, 2016 Beltz & Gelberg
in der Verlagsgruppe Beltz · Weinheim Basel
Werderstraße 10, 69469 Weinheim
Alle Rechte vorbehalten
Neue Rechtschreibung
Einband- und Innenillustrationen: Daniel Napp
Titeltypo: Markus Spang
Gesamtherstellung: Beltz Bad Langensalza GmbH, Bad Langensalza
Printed in Germany
ISBN 978-3-407-74651-1
1 2 3 18 17 16

Inhalt

Für Alex, Lisanne und Stella,
ohne die der Prinz nicht gewachsen wäre.
Christina Erbertz

Was anderes als Schule

Doro Schippers besuchte die fünfte Klasse und hatte genug gelernt. Sie konnte einwandfrei lesen, fast fehlerfrei schreiben, gut addieren, ganz gut subtrahieren, einigermaßen multiplizieren und ein bisschen dividieren. Fürs Leben, das wusste Doro, reichte es. Für ihre Eltern nicht. Herr und Frau Schippers waren beide Professoren, obwohl, ihre Mutter war es noch nicht ganz.

Und daran war ihre Ursuppe schuld.

Die Ursuppe war keine Suppe, die man essen konnte, im Gegenteil: Ein Löffel davon, und der stärkste Mann würde aus den Latschen kippen und nie wieder aufwachen. Die Ursuppe war ein Experiment, aber kein normales, sondern ein völlig verrücktes. Mit der Suppe wollte Doros Mutter beweisen, dass man den Anfang der Welt selber kochen konnte.

»Unsere Erde war einst von so einer kochend heißen Ursuppe bedeckt«, erklärte Frau Schippers jedem, der fragte oder auch nicht. Dabei glänzten ihre Augen, als hätte sie urplötzlich Fieber bekommen. »In dieser gigantischen Ursuppe hat es geblitzt und gedonnert, bis, quasi elektrisch, das erste winzige Leben entstanden ist.«

So viel hatte Doro verstanden: Es war eine Zeit gewesen, bevor es richtige Pflanzen, Tiere und Menschen gab, und natürlich lange vor Einrädern und Knuspermüsli.

An der Ursuppe kochten Schlauköpfe aus aller Welt. Bei keinem schien es zu funktionieren, zumindest kam dabei nie etwas heraus, das lebendig aussah. Doro fragte sich, ob all diese Superhirne auch so gestresst waren wie ihre Mutter. Frau Schippers war nicht mehr ansprechbar, seitdem sie an der Ursuppe kochte, sogar ihre schönen, dicken, goldbraunen Haare hatte sie sich abschneiden lassen. Mit ihrer neuen Frisur sah sie aus wie ein aufgeplatztes Sofakissen.

Doros Vater war ansprechbar, zumindest, wenn sie ihn wegen ihrer Mathehausaufgaben ansprach. Herr Schippers war Mathematikprofessor und auch ohne Ursuppenexperiment merkwürdig. Er war groß und dünn, hatte lange, feine Haare und band sich jeden Morgen eine Fliege um den Hals. Das war das Einzige, was er zu Hause nicht vergaß. Wenn er sich einen Tee kochte, konnte sich Herr Schippers schon eine Minute später nicht mehr daran erinnern, weil er längst wieder über ein mathematisches Problem nachdachte. Am Ende des Tages standen überall Tassen mit kaltem Tee herum, mit dem Doro dann die Blumen goss.

Als wären zwei völlig verrückte Eltern nicht genug, musste sich Doro auch noch mit zwei hochbegabten Zwillingsbrüdern herumschlagen. Albert und Erwin waren erst sieben Jahre alt, also vier Jahre jünger als Doro, gingen aber in die Klasse unter ihr. Außerdem besuchten sie als Gaststudenten die Universität ihrer Eltern. Dort wurden sie von den anderen Professoren und Studenten mit Schokolade vollgestopft, weil sie angeblich so niedlich waren. Doro fragte sich, was an menschlichen Birnen niedlich sein sollte. Ihre Brüder hatten winzige Köpfe, dünne Hälse, wurden aber Richtung Bauch und Hintern immer dicker, bis sie dann plötzlich mit zwei kurzen Beinchen endeten.

Die Birnchen wollten Biologen werden und pflanzten im Garten hinter dem Haus meterhohen Löwenzahn aus dem Kaukasus an. Aus den Wurzeln wollten sie Gummi gewinnen und damit Autoreifen, Gummihandschuhe und Radiergummis herstellen. Ein Radiergummi war ihnen auch schon gelungen, allerdings sah er aus wie ein Kaugummi, den jemand vor Ewigkeiten auf die Straße gespuckt hatte.

Doros Familie konnte nicht verstehen, warum sie so ungern zur Schule ging. Das heißt, sie hätten es verstanden, wenn Doro sich im Unterricht gelangweilt hätte. So war es bei den Birnchen gewesen, die deshalb zwei Klassen übersprungen hatten. Aber Doro langweilte sich nicht, weil sie schon zu viel wusste, sondern weil sie zu wenig verstand. Das Einmaleins wollte nicht hinein in ihren Kopf, im Erdkundeunterricht verwechselte sie zuverlässig Flussmündung und Quelle, und wenn sie versuchte, englisch zu reden, hörte es sich an, als wollte sie ein Haar auf der Zunge loswerden.

Nein, Schule war nichts für Doro, also schwänzte sie, und zwar oft. Aber sie war eine besondere Schulschwänzerin. Eine Schulschwänzerin mit besonderen Aufgaben.

An einem sonnigen Herbsttag fuhr Doro auf ihrem alten, riesengroßen Einrad zum Historischen Museum. In dem hohen, backsteinroten Gebäude mit den zwei großen Türmen wurde eine Ausstellung über eine Königsfamilie gezeigt, die vor ein paar Hundert Jahren gelebt hatte. Doro gefielen alte Geschichten und alte Gegenstände wie ihr Einrad, auf dem sie immer durch die Gegend fuhr. Vor fast hundert Jahren hatte das Einrad ihrem Uronkel Elwood aus Amerika gehört, der sich jonglierend auf seinem Rad die schrägsten Dinge ausgedacht hatte: ein raketenbetriebenes Frisbee, eine Jongliermaschine und eine Maschine zum Gedankenlesen, die aber nicht funktionierten.

Doro fuhr an einem Plakat zur Königsausstellung vorbei. Die ganze Stadt war damit zugekleistert. Es sah aus wie ein uraltes Gemälde auf einer Litfaßsäule. Ein schmaler Prinzenjunge mit hellbraunen Augen saß auf einem großen, weißen Pferd und sah Doro so neugierig an, als wollte er genau wissen, was in ihrem Kopf vorgehe. Warum sie gerade die Schule schwänzte, zum Beispiel. Vielleicht plante der Prinz auch etwas. Vielleicht wollte er abhauen, um seine Eltern zu ärgern, die keine Zeit hatten, weil sie zu viel regieren mussten. Das vermutete Doro zumindest, und ihr reichten Vermutungen, nur ihre Eltern und die Birnchen mussten es immer ganz genau wissen.

»Doooro, waaarte!«

Yade kam angelaufen. Doro hüpfte von Elwood, so nannte sie ihr Einrad, und wartete. Yade war einen halben Kopf kleiner als sie, zart wie eine Meise und trug am liebsten Kleider in Pastellfarben. Ihre Mutter arbeitete als Heilpraktikerin, ihr Vater besaß ein türkisches Bio-Café. Yade umarmte Doro ständig oder strickte ihr pastellfarbene Würste mit ihrer Strickliesel. Sie machte alles, was die Lehrer ihr sagten und schien einen Heidenspaß dabei zu haben. Manchmal wäre Doro gern so gewesen wie sie.

Yade drückte Doro fest, um sie dann mit ihrer dunklen, samtenen Stimme ins Verhör zu nehmen.

»Warum hast du mich nicht abgeholt?«

»Ich hab heute was anderes vor.«

»Du schwänzt!« Yade holte tief Luft. Doro fragte sich, ob sie wirklich sauer war oder es nur spielte. »Herr Tiemann wird wieder deine Eltern anrufen, Doro, das weißt du.«

»Ich habe ihn gestern gefragt, ob er mitkommen will, er und die ganze Klasse«, verteidigte sich Doro. »Aber er wollte nun mal nicht. Was soll ich machen?«

Yade starrte sie mit offenem Mund an. Dann seufzte sie leise, drückte Doro trotzdem noch einmal und eilte mit kleinen, schnellen Schritten Richtung Schule. Doro wäre ihrer besten Freundin am liebsten gefolgt, erinnerte sich dann aber an ihre letzte Erdkundestunde und das Stöhnen der Lehrerin, als sie nach zehn Minuten immer noch nicht herausgefunden hatte, wo dieser Riesenfluss aus Köln endlich aufhörte. Sie stieg auf Elwood und radelte weiter.

Ins Museum würde sie keiner reinlassen, sie war erst elf und allein, natürlich würden die Museumsleute da Fragen stellen: »Mit wem bist du hier?«, oder: »Hast du keine Schule?«

Doro überging diesen Schritt und schloss sich stattdessen einer Schulklasse an, einer mit vielen Schülern, die nicht zusammenblieben und Mist bauten. Die junge Lehrerin mit ihrer winzigen, dünnen Drahtbrille hatte schon auf der breiten Eingangstreppe den Überblick verloren. Sie schimpfte gerade mit zwei Jungen, die mit einem Tischtennisball Kopfball spielten. Die beiden hatten ihn schon ziemlich lang in der Luft und würden so schnell nicht aufgeben. Doro nutzte die Gelegenheit und ging mit einer Gruppe Mädchen, die ebenfalls zur Klasse gehörten, durch den Eingang. Die Mädchen guckten sie verwundert an, als Doro sich lächelnd bei einer von ihnen einhakte. Die Eingehakte wollte sich sofort befreien, aber Doro umklammerte so lange lächelnd ihren Arm, bis sie alle an dem lustlosen Einlasser vorbeimarschiert waren.

Die Ausstellung war stinklangweilig, hier ein alter Teppich, der aussah wie vom Sperrmüll, dort ein schlecht gelaunter König in weißen Strumpfhosen auf einem Gemälde. Und dann Hunderte von goldverzierten Porzellantellerchen, Goldgabeln, Zuckerdöschen. Wie in der Haushaltswarenabteilung von Karstadt, nur eben älter. Wo steckte der Prinz mit seinem Schimmel?

»Wo ist der Prinz vom Plakat, der auf dem Schimmel, Sie wissen schon, der aussieht, als hätte er irgendwas vor, abhauen, Thron ansägen oder so?«, erklärte sie umständlich einem alten Museumswärter. Der faltige Mann mit der dicken Nase strahlte, als sei er eine Lampe und Doro habe ihn gerade angeknipst.

»Hallo! Mit wem bist du hier, Kleine?«

»Mit denen da.« Sie zeigt in Richtung der jungen Lehrerin, die gerade versuchte, zwei Jungen auseinanderzubringen, die sich vor einer zerbrechlich aussehenden Suppen- oder Kloschüssel, es war schwer zu sagen, keilten. Der Museumswärter sah kurz zu ihnen hinüber, musterte Doro eine Weile und lächelte dann freundlich.

»Das Porträt des Prinzen Maximilian auf der Weißen Rossa ist im zweiten Stock ausgestellt, und zwar im dritten Saal, gleich nach den königlichen Bettgestellen und der Samtkissensammlung.«

»Besten Dank!«

Doro marschierte die breite Marmortreppe nach oben.

Da war es. Ein winzig kleines Gemälde in einem schmalen, goldenen Rahmen, das mit dem Rest der Ausstellung nichts zu tun zu haben schien. Schon von Weitem überkam Doro das Gefühl, sie könne in das Bild hineinspringen, hinter Prinz Maximilian auf das Pferd hüpfen und mit ihm fortreiten.

Sie trat näher an das Bild heran.

Zu nah.

»Zsch«, zischte eine Museumswärterin. Sie hatte keinen Mund oder eben nur einen sehr schmalen. Doro überlegte, wie aus so einem schmalen Mund überhaupt ein »Zsch« kommen konnte. Sie trat, während sie erfolglos versuchte, mit eingesogenen Lippen zu zischen, einen Schritt zurück. Dabei wollte sie unbedingt ganz nah an die frechen Augen des Prinzen heran. Sie glänzten so schön. Wie hatte der Maler das bloß gemacht?

Sie blickte zur Museumswärterin hinüber. »Zsch«, zischte die wieder, aber sie warnte damit einen anderen Museumsbesucher, einen Mann mit Lederjacke, der seine Nase in ein leuchtend rotes Samtkissen drückte und daran schnupperte.

Doro schlich sich wieder näher an Maximilian und Rossa heran. Auf die Augen des Pferdes hatte der Maler einen weißen Punkt getupft, deswegen leuchteten sie so. Aber was glitzerte da auf dem linken Auge des Prinzen? War das ein Haar? Doro kniff die Augen zusammen. Ja, das war ein Haar, ein glitzerndes, goldenes Haar! War das jetzt gemalt oder echt? Blitzschnell griff Doro danach.

Eine Millisekunde darauf fielen ihr fast die Ohren ab, das heißt nicht nur ihr, sondern allen Leuten im Museum. Die Alarmanlage tönte los, kreischend hoch und knallelaut. Die Museumswärterin packte sie sofort am Arm und ließ nicht wieder los. Dabei wehrte sich Doro gar nicht. Sie hielt ihre Ohren zu, wie die anderen im Saal auch.

Keiner sagte ein Wort, alle starrten sie an, ein eins neunundvierzig großes, dünnes Mädchen mit kurzen, braunen Haaren, Augen wie grüner Tee, das sagte ihr Vater zumindest, das nervös zurücklächelte. Doro wurde nicht gerne von vielen Leuten angeglotzt. Auf der letzten Weihnachtsaufführung ihrer Schule hatte sie deswegen die Krippe des Jesukindes spielen wollen, die ja nichts machen musste, außer eben das Jesukind zu halten. Es war dann doch der Esel geworden. Ein Riesenkostüm hatte sie dafür tragen müssen, aber wenigstens hatte sie kein Mensch erkannt.

Die Alarmanlage gab nicht auf, sogar die Wärterin mit den dünnen Lippen hatte Doro losgelassen und hielt sich die Ohren zu. So standen sie alle da, bis eine ältere Dame auf Stöckelschuhen und mit aufgetürmten, dunkelroten Haaren auf sie zuklackerte. Ohne Doro eines Blickes zu würdigen, untersuchte sie das Gemälde mit einer schwer aussehenden Lupe. Sicher war sie die Chefin des Museums.

»Nichts passiert!«, schrie die Dame mit der Turmfrisur schließlich durchs Museum. »Alarm aus! Danke schön.«

Sofort war alles wie vorher. Die Menschen sahen sich die königlichen Bettgestelle und Samtkissen an. Dem Bild mit Maximilian und Rossa blieben sie allerdings fern, als hätten sie selber die Alarmanlage ausgelöst.

Doro fragte sich, warum die Alarmanlage bei Bildern anging und bei Kissen nicht, denn der Mann mit der Lederjacke vergrub schon wieder seine Nase in ein Samtkissen.

»Warum hast du es angefasst?«, wollte die Museumschefin von Doro wissen. Sie war bestimmt ein großer Kunstfan, sie musste es sein, sonst wäre sie nicht Museumschefin. Doro biss in den sauren Apfel und machte auf Anfängerin.

»Ich bin zum ersten Mal im Museum. Es war so schön, da musste ich es anfassen. Entschuldigung.«

Die Chefin lächelte und nickte, als ginge es ihr ebenso. Ihre Haare bewegten sich dabei keinen Zentimeter.

»Wenn das allerdings jeder tun würde, meine Kleine, würden die Bilder nach und nach ihre Farbschichten verlieren und wir könnten sie für die kunstinteressierte Nachwelt nicht erhalten. Oder wir müssten sie aufwendig und unter Verschwendung von Steuergeldern restaurieren lassen. Unten im Keller ist das Kindermuseum. Da kannst du alles anfassen, es gibt sogar extra Fühllöcher, da musst du königliche Gegenstände erraten. Geh jetzt zu deiner Klasse.«

Doro nickte brav, stieg schnell die Treppen hinab und huschte Richtung Ausgang.

Draußen überlegte Doro, was sie bei ihrem Ausflug

gelernt hatte: Könige waren meistens schlecht gelaunt, besaßen viel Geschirr und trugen gern bequeme Strumpfhosen. Schulklassen lassen sich schlecht für Kunst begeistern. Bilder können so echt wirken, dass man nach ihnen greifen will. Im Museum arbeiten die unterschiedlichsten Leute und nicht alle machen einen entspannten Eindruck.

Keine schlechte Ausbeute, fand Doro.

Sie fühlte zart etwas Dünnes, Festes an ihrem Daumen, genauer gesagt zwischen Daumen- und Zeigefinger. Sie hielt es vor ihre Augen. Ein goldenes Haar glitzerte in der Sonne. Ein Prinzenhaar.

Vom Blitz getroffen

Dorothea, wie Doro eigentlich hieß, Erwin und Albert besaßen im Flur der Schippers eine eigene Garderobe mit ihrem Namen und einem Foto. Nicht einem Foto von ihnen, sondern, wie Doro immer sagte, einem Foto von der echten Dorothea, dem echten Erwin, dem echten Albert.

Über Alberts Jacke hing ein Foto von Albert Einstein, dem berühmtesten Physiker aller Zeiten, der, und das gefiel Doro, auf dem Bild die Zunge herausstreckte. Albert hatte ihr schon tausendmal zu erklären versucht, was Einstein Geniales herausgefunden hatte: Irgendwie verging für Albert wohl die Zeit umso langsamer, je schneller Doro auf ihrem Einrad an ihm vorbeiraste. Sie merkte davon aber nie was.

Erwins echter Erwin war ein Mann namens Erwin Schrödinger, mit dicker Brille und einer kleinen Fliege, wie ihr Vater sie trug. Er lachte nett, aber Erwin, also ihr kleiner Bruder, hatte trotzdem Pech: Wer wollte schon Erwin heißen? Allerdings war der echte Erwin ebenso verrückt wie die Schippers-Eltern: Er hatte behauptet, dass seine Katze gleichzeitig tot und lebendig sein könne. Wenn das stimmte, war Herr Schrödinger ein Zauberer und kein Physiker, auch wenn Doros Eltern das nicht gern hörten. Die Katze hieß übrigens auch Schrödinger.

Dorotheas Name war zwar altmodisch, aber Doro gefiel seine Abkürzung. Doro klang geheimnisvoll und erwachsen. Noch mehr gefiel Doro allerdings das fast 300 Jahre alte Gemälde von der echten Dorothea, das als kleines Foto über ihrem Garderobenhaken hing. Mit ihren dicken Augenbrauen und den riesigen, dunklen Augen wirkte Dorothea von Erxleben schlau und entschlossen. Dorothea war die erste Ärztin in Deutschland mit einem richtigem Doktortitel gewesen. Sie hatte viel Ärger bekommen, denn vor 300 Jahren wollten die Leute komischerweise nur Männer als Ärzte.

Als sie nach Hause kam, hängte Doro ihren azurblauen Parka unter Dorotheas Bild und ging ins Wohnzimmer. Sie tastete in ihrer Jeanstasche nach dem Papier, in das sie das goldene Prinzenhaar eingewickelt hatte, als ihr ein scharfer Geruch auffiel. Er erinnerte Doro an das Chemiexperiment ihrer Brüder, die letztes Jahr ein Putzmittel hergestellt hatten, das sogar uralte, versteinerte Kaugummis blitzschnell löste. Es schien kein sehr gesundes Mittel gewesen zu sein, auf jeden Fall hatten es ihre Eltern mit Mundschutz und Schutzhandschuhen auf dem Giftmüll der Universität entsorgt und den Zwillingen für drei Wochen den Chemiekasten verboten.

»Hallo?«, rief Doro. Normalerweise waren um diese Zeit wenigstens die Birnchen zu Hause.

»Wir sind hier!«, schrie Erwin mit seiner Piepsstimme zurück.

»Wo?«, fragte Doro, aber da stand ihr Bruder schon vor ihr und nahm sie bei der Hand.

»Tomm!« Erwin verwechselte, wenn er aufgeregt war, K mit T, was komisch war, weil er doch sonst so schlau war.

Doro verstand sich mit ihm besser als mit Albert. Erwin war manchmal kuschelig wie eine Katze. Mindestens einmal in der Woche huschte er zu Doro ins Bett und schlief die ganze Nacht in ihrem Arm. Dann vergaß Doro, dass ihr kleiner Bruder tagsüber Radiergummis aus Löwenzahnwurzeln herstellte und besser rechnen konnte als sie.

Erwin führte sie die Kellertreppe hinunter, und je weiter sie nach unten gingen, desto stechender wurde der Geruch.

»Was riecht hier so?«, fragte sie Erwin.

»Albert sind ein paar Tropfen Ammoniat aussetippt«, antwortete ihr kleiner Bruder, während er an Doros Hand die Treppe hinunterstapfte. Dann blieb er stehen und sah sie an, als hätte er seinen ersten Lkw-Reifen aus Löwenzahnwurzeln hergestellt.

»Mama hat die Ursuppe mitebracht!«

»Warum das denn?«, fragte Doro entgeistert. Es reichte doch, dass der Garten aussah wie ein Forschungslabor.

»In der Uni gab's einen Wasserschaden, katastrophal, mein ganzer Fachbereich musste raus«, rief ihre Mutter aus dem Kellerraum, in dem sonst die Fahrräder und die Tischtennisplatte standen, zu ihnen hinauf.

Doro ging mit Erwin an der Hand hinein. Der Raum war leer bis auf einen schweren Eisentisch, auf dem ein sonderbares Gebilde thronte: ein Glasrohr, das in einem riesigen Quadrat verlief. Das Glasrohrquadrat wurde links und rechts von zwei Glaskugeln unterbrochen. In der rechten Kugel brodelte Wasser und strömte als sanfter Nebel weiter das Rohr entlang, zur zweiten Kugel, in der ein Minigewitter tobte. So etwas

Zauberhaftes hatte Doro noch nie gesehen. Wassertropfen bildeten sich unterhalb der Kugel und tropften in ein kleines Becken hinein.

»Das mit dem Wasserschaden wird länger dauern«, sagte Doros Mutter. »Aber ihr wisst ja: Ich muss mit dem Experiment so schnell wie möglich fertig werden, wenn ich in diesem Leben noch Professorin werden will. Deswegen baue ich eben alles hier auf. Dann bin ich auch öfter zu Hause!«

Frau Schippers strahlte Doro mit schrägen, grünen Augen an und sah trotz des Wasserschadens so glücklich aus wie lange nicht. Ob es daran lag, dass ihre Ursuppe jetzt zu Hause war?

»Kannst du Abendessen machen, Doro?«, bat ihre Mutter sie, weiter lächelnd. »Papa kommt heute erst spät von der Uni. Und ich muss mit dem Aufbau fertig werden.«

Doro nickte und betrachtete weiter das erstaunliche Glasrohrquadrat, in dem es brodelte, blubberte, dampfte und zischte. Es sah wundervoll aus, fast so wundervoll wie das Gemälde von Maximilian und Rossa im Museum, natürlich nur ganz anders. Das hier war ja keine Kunst, sondern Wissenschaft. Chemie.

»Das sieht wundervoll aus, Mama.«

»Wundervoll?« Die Zwillinge kicherten. »Du kapierst gar nichts!«, lachte Albert sie aus. Er war

eineinhalb Minuten älter als Erwin, aber mindestens tausendmal so besserwisserisch.

»Soll ich's dir erklären?« Ihre Mutter sah sie an, als wäre sie sicher, Doro würde Nein sagen.

»Ja«, antwortete Doro.

Begeistert fing Frau Schippers an zu erzählen. »Die

Welt entstand vor ungefähr vier Milliarden Jahren im Ozean, dem Urozean.« Sie tippte mit ihrem Zeigefinger auf die rechte Kugel und sah dabei aus wie eine Wahrsagerin. »Dieser Urozean brodelte und dampfte, alles war kochend heiß zu dieser Zeit. Vulkane schleuderten Gase in die Erdatmosphäre, vor allem Methan, Wasserstoff und …«

»Ammoniak«, wurde sie unterbrochen, von Albert natürlich.

»Genau. Diese Gase«, sie tippte auf die Gasflaschen neben dem gläsernen Quadrat, »strömten also in die Atmosphäre, die Uratmosphäre. Dort donnerte und blitzte es.« Doro folgte dem Finger ihrer Mutter und sah auf das Minigewitter. »Und durch diese Blitze reagierten die Gase mit dem verdampften Wasser aus den Urozeanen. Etwas Neues entstand.« Sie zeigte auf das kleine Becken, in dem sich die Wassertropfen sammelten. »Aminosäuren. Aus denen entstanden Eiweiße. Und aus diesen Eiweißen entstanden wiederum wir und alles andere Leben.«

»Aber wie?«, fragte Doro. »Wie ist das richtige Leben entstanden? Ist es aus diesen Aminosäuren, ja, also … irgendwie herausgewachsen?«

Albert und Erwin kicherten. Frau Schippers beachtete die beiden gar nicht. »Nein. Oder das heißt: Ich weiß es nicht. Es ist genau die Frage, mit der ich Professorin werde. Aber eben nur, wenn ich sie beantworten kann«, fügte sie mit einem unsicheren, zittrigen Lächeln hinzu.

Doro schwieg und die Birnchen auch. Ihre Mutter tat ihr leid. Sie hatte sich, und das war Doro nun endgültig klar, völlig verrannt. Aus ihrer Ursuppe würde nichts herauswachsen, nicht ohne ein Wunder. Und an Wunder glaubte aus ihrer Familie nicht mal Doro.

Sie bemerkte, dass ihre Mutter und die Zwillinge sie ungeduldig anschauten. Sie wollten weitermachen mit dem Aufbau des Experiments, es lagen noch allerhand Kolben, Lösungen, Reagenzgläser und anderes Chemiezeugs herum.

Oben in der Küche beschloss Doro, auch eine Suppe zu kochen, eine richtige Suppe, die dafür sorgte, dass man lebendig blieb. Sie schnippelte Karotten, Zwiebeln, Kartoffeln und Ingwer und blickte dabei aus dem Fenster in den Garten. Der meterhohe Löwenzahn schwankte wie in einem Gruselfilm im Wind. Die Schippers hatten wegen des gigantischen Grünzeugs die gesamten letzten Sommerferien in Kasachstan verbracht. Doro hatte sicher hundert Pusteblumen pflücken, eintüten und schließlich zu Hause aussäen müssen. Nach einem Jahr war der Garten komplett überwuchert gewesen. Es gab keine anderen Pflanzen mehr, zumindest konnte man in diesem Urwald aus Löwenzahn keine entdecken. Im Sommer gefiel Doro der Löwenzahnwald allerdings. Sie liebte die dicken, gelben Blumen, die sich dann in zarte Pusteblumen verwandelten. Auch Yade konnte von dem Blumenmeer nicht genug bekommen.

Das Telefon klingelte. Doro hob schnell ab, sie hatte eine Ahnung, wer es sein könnte. Die Ahnung stimmte und der Wer klang schwer beleidigt.

»Herr Tiemann hier. Ich möchte deine Mutter oder deinen Vater sprechen, Doro.«

»Die arbeiten.« Dass ihre Mutter ein Stockwerk tiefer, im Keller, arbeitete, verschwieg sie.

»Dann versuche ich es heute Abend wieder.« Herr Tiemann wirkte so schlecht gelaunt wie die Könige im Museum.

»Weil ich heute geschwänzt habe?«

»Genau deshalb.«

Doro dachte daran, wie aufgekratzt ihre Mutter eben ausgesehen hatte, weil ihre Ursuppe doch jetzt zu Hause war.

»Ich komme morgen zur Schule und ich bleibe auch. Versprochen.«

Herr Tiemann schwieg. Das Versprechen reichte ihm nicht.

»Ich verstehe jetzt auch, Herr Tiemann, dass Sie nicht

mit ins Museum wollten. Schulklassen lassen sich als Gruppe schlecht für Kunst begeistern.«

»Dann warst du wirklich im Museum?«

»Natürlich!«, gab Doro verwundert zurück.

Herrn Tiemanns Seufzer schien gar nicht enden zu wollen.

»Na schön. Aber das ist deine letzte Chance, Doro. Bis morgen.«

Ihr Klassenlehrer legte auf.

Die Suppe zum Lebendigbleiben wurde ein Knaller, aber das bemerkte nur Doro. Die restlichen Schippers besaßen wenig Geschmacksnerven, vermutlich hatten sie zu viele andere Nerven in ihren Köpfen.

»Ich muss gleich noch einmal in die Uni, die Chromatografieanlage holen. In einer Stunde bin ich wieder zurück.«

»Wir kommen mit«, riefen Albert und Erwin gleichzeitig. Natürlich wollten sie mit, die Universität war ihr Spielplatz. Auf einem richtigen kamen die Birnchen auch nicht klar. Erwin war erst letzte Woche seitlich von der Rutsche und kopfüber in den Sand gekippt. Ihr Vater hatte sofort Formeln aufgestellt, wie das physikalisch möglich sein konnte, und dabei ganz vergessen, seinen Sohn zu trösten. Dafür war Doro gleich zur Stelle gewesen.

Weg waren die drei.

Doro lief in den Keller, um noch einmal das Magische Quadrat, wie sie den Versuchsaufbau ihrer Mutter nannte, zu betrachten. Unten, im Schwimmbecken, hatte sich das Wasser bräunlich gefärbt. Als Doro näher herantrat, fielen ihr kleine, goldene, glitzernde Punkte darin auf. Sie schnappte sich eines der Reagenzgläser, hielt es unter den Abfluss des Beckens, öffnete den Hahn und fing die glitzernde Flüssigkeit in ihrem Röhrchen auf. Doro nahm nicht viel, nur ein Reagenzglas voll, und hielt das Glas gegen das Licht. Die Suppe glitzerte wie ein geheimnisvolles, altes Meer. So wundervoll hatte der Ozean vor vier Milliarden Jahren ausgesehen.

Das goldene Glitzern erinnerte Doro an das Prinzenhaar aus dem Museum. Schon zwängte sie Zeige- und Mittelfinger in ihre enge Jeanshosentasche, um das Papier mit dem goldenen Prinzenhaar herauszuziehen. War das ein Zeichen? Hier ein goldglitzerndes Haar, dort goldglitzernde Suppe. So oft hatte man es schließlich nicht mit Goldglitzer zu tun, es sei denn, man stand auf goldenen Nagellack wie Yade, aber davon war Doro weit entfernt.

Doro stellte das Reagenzglas in einen Ständer, wickelte das Haar vorsichtig aus und ließ es in die Ursuppe gleiten. Es zischte leise. Sie fühlte sich wie eine richtige Chemikerin, denn wenn man zwei Dinge zusammenpanscht und es zischt und brodelt oder stinkt oder reagiert sonst wie, dann war das Chemie. So viel wusste Doro.

Vielleicht war die Idee ihrer Mutter besser als gedacht, überlegte sie, vielleicht taugte die Ursuppe etwas, es kam womöglich nur auf die richtigen Zutaten an.

Sie verschloss das Reagenzglas mit einem Korken. Die Suppe reagierte nicht mehr und sah aus wie vorher, bevor sie das Haar hinzugefügt hatte. Doro war froh, dass Yade in diesem Augenblick anrief und sie anflehte, zum Reiterhof zu kommen: Ihr Pflegepferd hatte seinen Besitzer abgeworfen und war durchgegangen. Das war nichts Neues. Der Besitzer hatte keine Ahnung vom Reiten und lernte es auch nicht, weil er eben dachte, er könne es schon.

Doro überlegte, wo sie das Reagenzglas verstecken könnte, steckte es dann schließlich in die rechte Seitentasche ihres Parkas und lief aus dem Haus. In prasselndem Regen stieg sie draußen mit Schwung in Elwoods braunen Ledersattel und fuhr los. Sie war gerade auf die Hauptstraße gebogen und schon klitschnass, da blendete sie plötzlich ein gleißendes Licht. Gleichzeitig krachte es ohrenbetäubend neben ihr und eine heiße Welle durchfuhr ihren Körper. Doro fiel von Elwood auf die Straße und Elwood fiel auf sie. Sie schaute mit ihren teegrünen Augen in den Himmel. Blitze zuckten in der Jetztatmosphäre.

Es sah wundervoll aus.

Ein Prinz für Doro

Nachdem sie sich einigermaßen erholt hatte, radelte Doro zum Reiterhof. Ihre wild tretenden Beine fühlten sich dabei an, als würden sie jemand anderem gehören. Auch ihr Kopf machte, was er wollte, und das war im Moment nicht viel. Also ließ Doro ihre Beine strampeln und genoss die Sonne, die nach dem heftigen Herbstgewitter wieder vorbeischaute, als sei nichts gewesen.

Vor dem Reitstall wollte Doro absteigen, doch ihre Beine wollten eine weitere Runde um den Hof drehen.

»Von mir aus«, sagte Doro.

Es tat gut, sich nach dem Sturz wieder zu bewegen und die frische Luft auf dem Gesicht zu spüren. Doros Beine wurden schneller, fast so schnell wie ein Moped. Jedem anderen hätte dieses Höllentempo eine Riesenangst gemacht, aber Doro fühlte sich so entspannt wie sonst nur, wenn Erwin nachts friedlich neben ihr schnarchte. Nach der dritten Runde um den Reiterhof war sie so locker im Kopf und im radelnden Körper, dass sie glaubte, sie könnte alles schaffen, sogar das Einmaleins auswendig lernen, wenn es denn einmal nötig sein sollte.

Ihre bestens gelaunten Beine nahmen eine weitere Runde in Angriff, als Doro auffiel, dass Yade vor dem Reitstall stand. Ihre Freundin stemmte die Hände in die Hüften und holte wieder einmal tief Luft.

»Tasso braucht Hilfe!«

Yade klang so bestimmt, dass Doros Beine abrupt stoppten und sie aus Elwoods Sattel flog, glücklicherweise aber auf ihren Füßen landete. Elwood konnte sie gerade noch auffangen. Doro lehnte ihn an einen Zaun und stakste auf Yade zu. Jetzt gehörten die Beine wieder ihr, aber sie fühlten sich steif an, und Doro dachte, so ähnlich habe sich der arme Pinocchio gefühlt.

Yade drückte sie kurz.

»Du gehst komisch.«

»Ich bin vom Blitz getroffen worden. Na ja, bloß so halb. Er ist neben mir eingeschlagen.«

»Oh nein! Schatzi, geht's dir gut? Deine Pupillen sind so riesig!« Besorgt fühlte Yade Doros Stirn, als bekäme man von Blitzen Fieber.

»Mir geht's super! Wie geht's Tasso?«, wechselte Doro schnell das Thema. Sie wollte nicht, dass Yade sich weiter aufregte. Sie regte sich trotzdem auf, wenn auch nicht mehr über Doro.

»Wie es Tasso geht?! Guck's dir selbst an!« Yade marschierte in den Stall. Der dunkelbraune Wallach stand seelenruhig da, fraß sein Heu und beachtete sie gar nicht.

»Er sieht aus wie immer«, fand Doro.

»Siehst du nicht seine Augen? Dieser Ausdruck! Und ich hab keine Kügelchen dabei!«

Yades Mutter verabreichte als Heilpraktikerin Kügelchen für oder gegen alles. Sogar Doro hatte sie welche angedreht. Sie meinte, dann klappe das mit dem Dividieren besser. Die Schippers-Eltern fanden, da könne Doro gleich Kakteen anbeten. In ihrem Kopf wollten sich die Zahlen auf jeden Fall auch mit Kügelchen nicht teilen lassen.

Tasso sah über die Tür auf Doro hinunter. Sie starrte in seine riesigen, dunklen, freundlichen Augen. Tasso begann gleich, an ihr herumzuschnüffeln.

»Wie immer«, wiederholte Doro.

Ihre Freundin schüttelte entschieden den Kopf. »Es war total schrecklich. Tasso hat den Boxhagen abgeworfen. Als der sich wieder auf ihn setzen wollte, ist er weggetrabt. Der Boxhagen hat ihn so fies angeschrien! Drecksvieh, hat er gesagt!« Yade kamen die Tränen. Doro hatte nicht das Gefühl, dass die Schreierei dem Pferd irgendetwas ausgemacht hatte. Er war der Boss, nicht der Boxhagen.

Tasso schnüffelte mittlerweile so neugierig an ihrem Parka, dass Doro nach hinten stolperte.

»Hast du Leckerlis mitgebracht?«, wollte Yade wissen.

»Nein, bloß das hier ...«

Doro zog das Reagenzglas aus der Tasche ihres Parkas, um Yade die Ursuppe zu zeigen. Aus dem kleinen Röhrchen starrten sie zwei kleine, runde Augen fragend an. Etwas war in dem Reagenzglas und dieses Etwas sah nicht mehr wie Suppe aus. Doros Herz raste wie beim letzten Weihnachtstheater, als sie im Eselskostüm auf die Bühne musste. Sofort schob sie das Röhrchen in ihre Jackentasche zurück.

»Was war das denn?«, fragte Yade neugierig.

»Nichts. B-bloß ... Sow-w-was von m-m-meiner M-m-mutter.«

Sie stotterte. Sie hatte noch nie gestottert. Sie hatte aber auch noch nie einen Menschen in einem Reagenzglas gesehen.

»Was denn? Was denn von deiner Mutter?«, hakte Yade nach. In Doros Kopf bildete sich langsam, ganz langsam eine Idee, was sie darauf sagen könnte, verpuffte aber sofort wieder. Das kannte Doro schon vom Bruchrechnen.

Ihre Freundin musterte sie eindringlich.

»Was ist mit dir los?«

»Nichts!«

»Gehen wir mit Tasso spazieren?«

»Nein.«

»Wieso nicht?«

»Ich muss nach Hause.«

»Wieso?«

»Ich glaube, die Suppe kocht.«

Das war Blödsinn, aber mehr gab ihr Gehirn im Augenblick nicht her.

Doro rannte weg und vergaß dabei ganz, sich von Yade zum Abschied drücken zu lassen. Sie setzte einen Fuß auf Elwoods Pedale, stieß sich mit dem anderen hoch in den Sattel und verließ auf ihrem Einrad den Reiterhof.

Zu Hause wollte Doro sofort auf ihr Zimmer und die Tür hinter sich abschließen, aber auf dem Weg dorthin sah sie Erwin blass und schlapp auf dem Sofa liegen. Seine Augen hingen auf Halbmast, wie Herr Tiemann es nannte, wenn Doro im Unterricht vor Langeweile fast einschlief.

»Liest du mir was vor?«, bat ihr kleiner Bruder.

»Eigentlich wollte ich … Na gut. Was denn?«

»Da liegt die *Geschichte des Kautschuks.*« Er zeigte auf den Wohnzimmertisch. »Ich hab ein Lesezeichen reingesteckt.«

Doro setzte sich zu Erwin aufs Sofa, legte seine Birnchenfüße in ihren Schoß und begann damit, ihm vorzulesen.

»1839 tropfte Charles Goodyear eine Schwefel-Kautschuk-Mischung auf eine heiße Herdplatte. Das Resultat der Vulkanisation war ein elastischer Gummi, wobei die Elastizität auf den Bestandteil Polyisopren zurückzuführen war, ein Molekül, das …«

Ihre Augenlider wurden schwer wie Blei. Dieses Gefasel musste jeden normalen Menschen augenblicklich in den Tiefschlaf befördern. Außerdem war ihr viel zu warm. Doro trug noch immer ihren azurblauen Parka und würde ihn auch erst in ihrem Zimmer ausziehen, wenn sie und das Wesen im Reagenzglas allein sein konnten.

Sie hörte auf zu lesen und schielte zur Seite. Erwin schlief, also brachte sie ihn ins Bett. Das Birnchen war kein Leichtgewicht, aber als starke Schwester schaffte es Doro, ihn die Treppe hinaufzutragen.

Nachdem sie ihren Bruder zugedeckt hatte, gab sie ihm noch einen Kuss. Eine Hitzewelle, die nach Erwin roch, schwappte ihr entgegen. Fieber. Doro tippte auf eine Grippe oder eine dicke Erkältung. Sie schaltete das Licht aus und ging leise hinaus. Schlafen sei die beste Medizin, sagte ihre Mutter immer, weil es wissenschaftlich bewiesen war.

Doro wollte gerade ihre Zimmertür hinter sich schließen, da brüllte ihre Mutter aus dem Keller herauf.

»Doro, komm bitte runter!«

»Das gibt's doch nicht!«, flüsterte Doro genervt. Sonst wollte niemand in ihrer Familie etwas von ihr wissen, aber kaum erschuf sie ein kleines Männchen, rissen sich alle um sie. Obwohl ihre Mutter sie wohl eher in Stücke reißen wollte, so wütend, wie sie klang.

Doro hatte kaum den Keller betreten, da schimpfte Frau Schippers auch schon los. Albert, der neben ihr stand, nickte nach jedem zweiten Wort. Ein echter Schleimer! Doro versuchte, ihn nicht anzusehen, so sehr nervte sie sein Kopfgewackel.

»Was hast du mit meinem Experiment gemacht?!«

Es hatte keinen Zweck, zu lügen. Außerdem musste Doro endlich heraus aus ihrem Parka, wenn sie nach dem Blitzschlag nicht auch noch einen Hitzschlag bekommen wollte.

»Ich habe bloß was abgefüllt, ein ganz kleines bisschen. Um mir die Suppe richtig anzugucken. Tut mir leid.«

Das musste reichen.

»Suppe angucken. Ist die doof«, lästerte Albert, während ihre Mutter sich ihre ohnehin schon völlig zerzausten Haare raufte. Sie sah ehrlich verzweifelt aus. Doro überlegte kurz, ob sie ihr nicht das Männchen zeigen sollte. Rein wissenschaftlich wäre es sicher ein Knaller und mindestens zwei Professuren wert.

»Du verstehst nichts!« Die Stimme ihrer Mutter klang so schrill, dass Doro zusammenzuckte. Die Schippers-Eltern waren sonst eher für geistesabwesendes Murmeln bekannt.

»Ich kann den ganzen Versuch noch einmal neu starten!«, schimpfte Frau Schippers weiter. »Dabei wollte ich heute schon die ersten Ergebnisse haben! Ich muss mich mit dem Experiment beeilen, Doro! Langsam werde ich zu alt für eine Professur, verstehst du das nicht?!«

Doro wagte nicht zu antworten.

»Die versteht doch nie was, Mama, die ist saudumm!«

Normalerweise verteidigten die Schippers-Eltern sie, wenn Albert arrogant wurde, aber diesmal starrte ihre Mutter Doro so verächtlich an, als dächte sie dasselbe.

»Tut mir wirklich leid, Mama.«

Sie versuchte, ihre Mutter mit einem Lächeln zu versöhnen. Frau Schippers lächelte nicht zurück. Doro schnürte es die Kehle zu. Sie lief aus dem Keller und beschloss, ihrer Mutter niemals von dem Männchen zu erzählen.

Pech gehabt.

Im Flur öffnete Doro verschwitzt den Reißverschluss ihres Parkas. Gerade, als sie in ihr Zimmer gehen wollte, legte Herr Schippers eine Hand auf ihre Schulter.

Das konnte ja wohl nicht wahr sein! Warum war er ausgerechnet heute früher da?

»Ärger mit Mama?«

»Ja«, knurrte Doro. Ihr Vater verstand das Knurren falsch.

»Das wird schon. Möchtest du einen Tee? Ich wollte dir etwas erzählen, es ist noch nicht ganz sicher, aber …«

»Ich hab wirklich keine Zeit, Papa!«

Sie musste aus ihrem Parka raus, wenn der Junge im Reagenzglas nicht verkochen sollte. Ihr Vater musterte sie nachdenklich, vielleicht rechnete er aber auch gerade aus, wie hoch die Wahrscheinlichkeit war, dass ihm seine Tochter in den nächsten fünf Sekunden die Tür vor der Nase zuschlagen würde.

Sie lag bei hundert Prozent.

Tür abschließen inklusive.

In ihrem Zimmer riss sie sich die Jacke runter und zog das Reagenzglas mit zwei Fingern aus ihrer Seitentasche. Sie hielt das Röhrchen dicht vor ihre Augen. Durch die goldbraune Flüssigkeit war undeutlich ein Junge zu erkennen, etwa so groß wie ein Teelöffel. Er war vielleicht zwölf Jahre alt und blickte sie mit karamellfarbenen Augen fragend an. Erst jetzt bemerkte Doro, dass er strahlend weiße Strumpfhosen anhatte, die in glänzenden Reiterstiefeln steckten. Über den Strumpfhosen trug er eine blaue, steife, halshoch geschlossene Jacke mit rotem Kragen.

Er war es.

Der Prinz.

Maximilian drückte sein Gesicht gegen das Reagenzglas, um sie besser sehen zu können. Doros Lippen begannen vor Aufregung zu zittern. Die glänzenden Prinzenaugen zogen sich zu einem beruhigenden Lächeln zusammen. Sie bestaunten sich beide eine Ewigkeit, wie es Doro vorkam, bis der Prinz mit seinem Zeigefingerchen nach oben wies. Doro verstand, aber Angst umklammerte ihr Herz wie eine kalte Kralle. Obwohl sie nicht wusste, warum, musste sie an ihre Mutter denken, wie sie im Keller nicht zurückgelächelt hatte. Was, wenn Maximilian vor ihren Augen verpuffen würde? Wenn die Luft ihn auflösen würde? Wegen einer komischen chemischen Reaktion vielleicht?

Der Prinz deutete erneut mit seinem nicht einmal tannennadelgroßen Finger nach oben und nickte zuversichtlich. Maximilian hatte keine Angst, obwohl er zehn- oder vielleicht sogar dreißigmal kleiner war als sie und in einem Glasrohr mit Suppe steckte.

Doro öffnete den Korken und sah von oben in das

Reagenzglas. Der Prinz versuchte sofort, mit seinen Ärmchen den Rand zu fassen, um sich herauszuziehen, aber es fehlten ihm ein, zwei Zentimeter Armlänge. Doro suchte in ihrem Zimmer nach einem Stift und hielt ihn ins Glasrohr. Prinz Maximilian umklammerte den Stift mit seinen Armen, sodass sie ihn heraus- und in die Luft heben konnte. Dort schwebte er eine Zeit lang, denn Doro wusste nicht, wohin mit ihm, bis sie ihn letztlich auf ihrer Handfläche absetzte. Prinz Maximilian strich sich über seine seitlich gescheitelten Haare, um sich dann tief vor ihr zu verbeugen.

»Gehabt Euch wohl, riesige Jungfrau«, grüßte er sie mit einer Stimme, die nur ein bisschen älter klang als die der Jungs in ihrer Klasse.

Doro kicherte.

»Gehabt Euch wohl, kleiner Prinz«, erwiderte sie höflich.

»Prinz Maximilian.«

»Doro.«

»Hocherfreut. Ich bin übrigens 154 Zentimeter lang, Holde, eine stattliche Größe für einen Zwölfjährigen, wenn ich das bemerken darf. Wohingegen ich Euch auf mindestens 20 Meter Körperlänge schätzen würde. Nun denn – ich bin wohl in einer Welt der Riesen gelandet.«

Er hüpfte, während er so gestelzt vor sich hinplapperte, von Doros Handrücken auf ihr Bett und hangelte sich an ihrer Decke auf den Teppich hinab.

Mit neugierigem Blick lief er im Zimmer umher. Doro ärgerte sich, dass sie nicht vorher aufgeräumt hatte. Bei ihm im Königsschloss war sicher alles picobello.

Prinz Maximilian marschierte königlich elegant und gleichzeitig zackig auf einen Radiergummi zu, der auf dem Boden herumlag. Prüfend pikste er mit dem Finger hinein, setzte sich darauf und schlug die Beine übereinander.

»Also, meine Teuerste: Bin ich in einer Welt von Riesen gelandet?«

Mit schrägem Kopf wartete er auf ihre Antwort. Sie sollte ihm wirklich einige Dinge erklären, fand Doro.

»Ich bin keine Riesin. Du bist sehr klein.«

»Weil Ihr eben sehr groß seid, Holde.«

»Eins neunundvierzig. Ganz normal eigentlich.«

Der Prinz stand auf und stellte sich vor sie. Er reichte gerade bis zu ihrem Knöchel.

»Unmöglich. Dann wäre meine Wenigkeit fünf Zentimeter größer als Ihr. Ich messe 154 Zentimeter, eine stolze Größe für einen Zwölfjährigen, wie ich bereits erwähnte.«

»Ich weiß nicht, wo ich anfangen soll«, stammelte Doro.

»Überlegt nur etwas, dann fällt es Euch schon ein, meine Teuerste.« Prinz Maximilian ließ seine Augen neugierig in ihrem chaotischen Zimmer umherschweifen.

»Oh! Literatur!« Aufgeregt trippelte er mit seinen kurzen Beinchen zu einem dicken Schmöker, den Doro wie so vieles in ihrem Zimmer auf den Boden geworfen hatte.

»Eine Abenteuergeschichte?«

Er versuchte, das Buch zu öffnen, grub sich dabei allerdings zu tief hinein und blieb zwischen den Seiten stecken. Er würde die Geschichte sowieso nicht verstehen, glaubte Doro, während sie ihn aus dem Wälzer befreite. Die Geschichte spielte in der Zukunft und handelte von superschlauen Robotern, die Menschen per Gedanken steuern konnten.

Endlich fiel ihr ein, wie sie beginnen könnte.

»In welchem Jahr bist du geboren?«, wollte sie von Prinz Maximilian wissen.

»1811.«

»Wir sind im Jahr 2014. Du bist sozusagen in der Zukunft! Ich habe ein Haar von dir gefunden. Im Museum. Auf einem Gemälde. Das habe ich in das Magische Quadrat meiner Mutter getan. Die will damit Leben erschaffen. Aminosäuren sind ihr schon gelungen. Nicht genug allerdings.«

Sie hatte selbst keine Ahnung, wie der Prinz aus diesem Gefasel schlau werden sollte. Ratlos schüttelte Maximilian sein Köpfchen. Mittlerweile war es draußen bereits dunkel geworden. Rasch drehte Doro den Dimmer ihrer Deckenlampe auf Höchststufe.

»Huch!« Panisch starrte der Prinz nach oben.

»Eine Sonne? Hier drin? Oh nein! Ich bin doch noch ein Junge! Hat Gott mich verweisen ins Paradeisen?«

»Wohin? Quatsch. Das ist Elektrik. Strom. Eine Glühbirne. Wann wurden die noch mal erfunden? Ich frag später Erwin.«

Der Prinz sah misstrauisch von dem Deckenstrahler auf den Dimmer, den Doro ein paarmal hoch- und runterdrehte.

»Bei euch gab's natürlich nur Kerzen. Ich sag ja: Zukunft.«

»Zukunft«, stammelte der Prinz baff.

Da klopfte es zaghaft an der Tür.

»Machst du bitte mal auf, Dorothea?«, bat ihre Mutter.

»Ich erkläre dir später alles«, flüsterte Doro schnell. »Sei jetzt leise und versteck dich!«

Sie steckte Maximilian unter ihr Kopfkissen und ging zur Tür. Aus den Augenwinkeln bemerkte sie noch, wie der Prinz versuchte, sich unter dem Kissen hervorzukämpfen.

»Bleib da drunter!«, zischte sie aufgeregt.

»Jetzt mach schon, Schatz!«, drängte Frau Schippers.

Doro drehte den Schlüssel um und öffnete die Tür. Ihre Mutter lehnte zerknautscht lächelnd im Türrahmen. Das Ganze sah nach einer Entschuldigung aus.

Die war auch fällig.

»Kann ich reinkommen?«

Wenig später wollte Frau Schippers sich auf Doros Bett setzen. Entsetzt starrte der Prinz auf ihren Hintern, der sich langsam zu ihm herunterneigte.

»Warte, Mama! Auf dem Bett, da ist ... was ausgelaufen!«

Doro stellte ihrer Mutter schnell einen Stuhl hin und bemerkte dabei, wie der Prinz aufstand und sich ganz lässig ans Kissen lehnte. Der hatte Nerven!

»Tut mir leid, dass ich so eklig zu dir war«, begann ihre Mutter. »Aber weißt du, Doro: Jeder Tropfen zählt. Ich muss so viele Untersuchungen machen. Und es hat sich schon was getan in der Ursuppe. Weitere Aminosäuren haben sich gebildet!«

Da waren sie wieder, ihre fiebrigen Augen.

»Und was heißt das jetzt?«, fragte Doro, die vor ihrer Mutter stand und dem Prinzen mit einer Hand bedeutete, wieder abzutauchen. Der dachte aber gar nicht daran.

»Ich habe vielleicht bald alle nötigen Bausteine entdeckt, aus denen sich vor vier Milliarden Jahren die ersten Eiweiße und damit das Leben entwickeln konnten.«

»Aha.« Doro überlegte, dass Prinz Maximilian viel mehr war als bloß ein Baustein. Ein Mensch, nur eben sehr klein.

»Ich weiß, ich bin manchmal unausstehlich«, fuhr Frau Schippers ernst fort. »Aber das Experiment muss klappen. Ohne Professur bin ich ein Nichts. Ich werde keine feste Stelle an der Uni bekommen. Und für andere Jobs bin ich zu alt. Ich war eben viel zu lange mit euch Kindern zu Hause.«

Ihre Mutter starrte, während sie das alles sagte, auf den Boden. Doro bemerkte ein paar schneeweiße Strähnen in den zerstrubbelten Haaren ihrer Mutter. Ein Nichts sollte Frau Schippers nicht werden und schon gar nicht ihretwegen.

Ob sie ihrer Mutter den Prinzen doch zeigen sollte?

»Also, wenn da wirklich Leben wächst in deiner Ursuppe … Was machst du dann damit?«, fragte Doro.

»Dann schreibe ich meinen Aufsatz«, antwortete ihre Mutter. »Und gehe auf Konferenzen und präsentiere meine Ergebnisse der Fachwelt. Anderen Wissenschaftlern, meine ich.«

»Und wie machst du das genau?«

»Ich präpariere die Proben und fotografiere sie unter einem Mikroskop.«

Doro sah, wie Maximilian erstarrte und sich dann eilig zurück unters Kissen grub. Er wollte nicht präpariert werden.

Der Prinz aus der Ursuppe blieb Doros Geheimnis.

Schlaflos in der Schule

Sie quatschten und quatschten, und irgendwann hörte Maximilian endlich auf, Doro Holde oder Teuerste zu nennen und sagte du statt Euer. Das Duzen fiel ihm schwer, schließlich euerte er sogar seine Eltern.

»Wenn die wüssten, wo ich bin«, kicherte der Prinz in Doros altem Puppenbett, das sie auf die Kommode neben ihr Bett gestellt hatte. Dann zog er sich die rot-weiß karierte Puppendecke über die Schulter und gähnte unadelig.

»Entschuldigt, äh, entschuldige, der Schlaf übermannt mich.«

Er nickte augenblicklich ein. Unter der Decke lugten seine glänzenden Reiterstiefel hervor. Doro nahm jeweils einen der Stiefel zwischen Daumen und Zeigefinger und streifte ihn vorsichtig von seinen Beinen.

Mit schon halb geschlossenen Augen legte sich auch Doro ins Bett, als sie bemerkte, dass es noch hell im Zimmer war. Sie schaltete ihre Nachttischlampe aus. Es blieb hell. Ungläubig blickte Doro auf ihren alten Ticktack-Wecker. Er zeigte sieben Uhr fünfzehn. Nur einmal kurz die Augen zumachen, dachte Doro, nur ganz kurz.

Doch kaum hatte sie die Augen geschlossen, sah sie Herrn Tiemann stocksauer am Telefon. Wenn Doro heute schwänzte, würde ihr Klassenlehrer sie bei ihren Eltern verpetzen. Das bedeutete Ärger, und Ärger bedeutete Auffallen. Doro durfte mit ihrem Prinzen auf keinen Fall auffallen. Ihre Mutter brächte es fertig, ihn unter die Glasplatte ihres Mikroskops zu quetschen. Nichts war ihr wichtiger als diese Professur.

Doro zog sich leise an, zögerte aber, ihr Zimmer zu verlassen. Wenn nun einer hereinkäme, während sie in der Schule war? Sollte sie den Prinzen nicht lieber mitnehmen? Aber in der Schule war es laut und Maximilian wollte schlafen. Sie ließ ihn besser zu Hause.

Sachte stellte Doro das Bettchen mit der dösenden Hoheit in ihr hölzernes Puppenhaus, das sie schon vor Jahren hoch oben auf den Kleiderschrank verbannt hatte. Dort war Maximilian sicher: Wissenschaftler interessierten sich grundsätzlich nicht für Puppenhäuser. Doro schrieb dem Prinzen noch einen Zettel, mit einem frisch angespitzten Bleistift und in extrakleiner Schrift, damit er es lesen konnte, ohne auf dem Blatt auf und ab laufen zu müssen.

»Lieber Maximilian,

ich muss zur Schule und komm Mittags wieder.

Deine Doro.«

Draußen wollte sie die Tür abschließen, aber ihr Vater stand reglos davor, mal wieder in tiefe Gedanken versunken.

»Morgen, Papa!«

»Oh, guten Morgen, Dorochen!«

Herr Schippers hielt eine dampfende, randvolle Tasse Tee in den Händen. Eine rötliche Flüssigkeit schwappte auf seine Finger, als Doro und ihr Vater zusammen die Treppe hinabstiegen. Er bemerkte es nicht einmal.

»Ich muss dann los«, erzählte Herr Schippers seiner Tochter nervös. »Heute ist ein wichtiger Tag. Ich erklär's euch später. Es ist noch nicht sicher. Ich hoffe natürlich ... Drück mir die Daumen, ja?«

»Mach ich, Papa.«

Herr Schippers stellte den Tee auf der Kommode ab, zog sich Mantel und Schuhe an und war draußen, ohne Tschüss zu sagen und natürlich ohne seinen Tee zu trinken.

Doro probierte einen Schluck. Apfel-Holunder,

lecker. Sie trank die halbe Tasse und spendierte dem Gummibaum neben der Eingangstür den Rest. Er vertrug alles, sogar scharfen Yogitee.

»Tschü-üss!«, brüllte sie durch das schmale, dreigeschossige Schippers-Haus, weil sie keine Ahnung hatte, wo die anderen steckten.

»Tomm, Doro, in den Teller!«

Ihr kleiner Bruder klang viel gesünder, stellte Doro erleichtert fest und lief die Kellertreppe hinab.

Alles hatte sich verändert. Weitere Gasflaschen waren im Keller hinzugekommen und verströmten ihren Inhalt in das Magische Quadrat, in dem es heftiger als je zuvor dampfte, tropfte und blitzte. Ein offener Rollschrank mit einem Tablett voller Reagenzgläser stand in einer Ecke. Die Chromatografieanlage, vermutete Doro. Frau Schippers tippte aufgeregt etwas in ihren Computer ein und der Drucker surrte los. Albert und Erwin stierten, noch in Schlafanzügen, auf das Blatt, als stände dort das Rezept für Löwenzahnautoreifen.

»Müssen die Zwillinge heute nicht zur Schule?«

»Erwin ist noch krank. Albert ist auch nicht ganz fit«, murmelte ihre Mutter, während sie auf ihre Liste starrte und anscheinend nicht glauben konnte, was sie da las. Albert grinste Doro frech an. Er sah ungefähr so krank aus wie Yade, wenn sie nach den Sommerferien tiefbraun aus der Türkei zurückkam. Doro war sicher dreimal blasser als er. Normalerweise wäre sie vor Neid noch blasser geworden, aber heute war ihr die Schwänzerei der Birnchen völlig schnurz. Die Zwillinge hatten keinen lebendigen Miniprinzen im Zimmer, sondern nur ein Blatt mit sterbenslangweiligen chemischen Formeln vor der Nase.

»19 Aminosäuren.« Fassungslos tippte ihre Mutter auf das Papier, das sie an Albert und Erwin weitergereicht hatte. »19!«

»Es klappt!«, rief Erwin seiner Schwester begeistert zu. »Mama hat Schwefelwasserstoff zugegeben!«

»Wie Stanley Miller«, erzählte Albert trocken weiter, »in seinen letzten Versuchen. Das waren die besten, aber er wusste es selbst nicht! Ist das nicht komisch?«

»Wer ist Stanley Miller?«, fragte Doro.

Die drei anderen Schippers schwiegen schockiert.

»Stanley Miller ist der Erfinder des Ursuppenexperiments«, antwortete Frau Schippers schließlich und sah ihre Tochter dabei an, als habe die gefragt, ob Orangen orange seien.

»Dann hast du das gar nicht erfunden?«, fragte Doro und ahnte nun insgeheim, warum ihre Mutter Schwierigkeiten hatte, Professorin zu werden. Nachmachen konnte jeder.

»Nein, ich habe das Ursuppenexperiment nicht erfunden«, zwitscherte Frau Schippers ungerührt. »Ich erfinde es weiter. Miller hat ein paar Aminosäuren entdeckt. Aber nicht genug. Nicht zwanzig. Und nicht die richtigen. Ich brauche zwanzig proteinogene Aminosäuren.«

Doro hätte genauso gut mit taiwanesischen Vogelzüchtern diskutieren können, so wenig verstand sie ihre Mutter. Trotzdem, subtrahieren konnte Doro ziemlich gut.

»Aber eine Aminosäure fehlt dir immer doch.«

»Noch! Aber Mama denkt daran, Tohlendioxid hinzuzufügen!«, sprudelte Erwin los. Albert übersprudelte ihn noch: »Natürlich tut sie das! Weil nach neuesten wissenschaftlichen Erkenntnissen eventuell minimale Mengen Kohlendioxid Bestandteil der Uratmosphäre waren und ...«

Taiwanesische Vogelzüchter waren lustiger, schätzte Doro, und sie wollte auch nicht wegen eventuellen Kohlendioxids in der Uratmosphäre zu spät kommen.

»Ich muss zur Schule.«

Sie wandte sich zur Treppe.

»Doro, eines musst du mir noch versprechen«, hielt ihre Mutter sie zurück.

»Was denn?«

»Die Ursuppe ... bitte rühr sie wirklich nie wieder an, ja?«

»Versprochen«, erwiderte Doro. Warum sollte sie auch noch einmal an die Ursuppe gehen? Sie hatte einen Prinzen erschaffen, einen winzigen Freund, der gerade unter einer rot-weiß karierten Decke friedlich in ihrem Zimmer schlummerte. Mehr brauchte sie nicht.

In bester Laune verließ Doro den Keller.

Mit einem randvollen Rucksack fuhr Doro auf Elwood zur Schule. Sie hatte keine Ahnung, welche Fächer sie heute erwarteten, und so hatte sie alle Bücher und Hefte eingesteckt, die sie finden konnte. Beim Anfahren war sie wegen der bleischweren Bücherladung gleich rückwärts von Elwood gesegelt, aber jetzt hatte sie ihr Gleichgewicht gefunden. Ob der Prinz gut schlief?, überlegte Doro, als sie auf das Schulgelände radelte. Herr Tiemann lief mit seiner Lederumhängetasche vor ihr her.

»Da bin ich!«, rief Doro ihm zu, »wie abgemacht!«

»Sehr schön«, grinste Herr Tiemann.

In der ersten Stunde musste sich Doro ausgerechnet mit Erdkunde und Frau Strohbeck herumschlagen. Frau Strohbeck sah aus wie die netteste Lehrerin der Welt: Sie trug Jeans, hochhackige Schuhe, witzige T-Shirts, und ihre wilden rotbraunen Locken standen in alle Richtungen ab. Ihre Mundwinkel zeigten immer nach oben, aber ihr Lächeln war nicht ehrlich. Zumindest nicht immer.

Frau Strohbeck mochte Schüler, aber nur die guten, für die schlechten fehlte ihr die Geduld. Doro hatte keinen Schimmer, warum sie überhaupt Lehrerin geworden war. Lehrer mussten nun mal ständig erklären, das war ihr Job.

»Machen wir mit den Flüssen in Deutschland weiter«, verkündete Frau Strohbeck in ihrem knallgrünen T-Shirt, auf dem ein dicker Frosch nach einer niedlichen Fliege schielte.

»Wie lange denn noch?«, zischte Doro genervt. Ihre Freundin rollte nur die Augen. Andere stöhnten. Alle in der Klasse hassten mittlerweile Deutschlands Flüsse.

»Was hast du gesagt, Doro?«, wollte die Strohbeck wissen.

»Ich meine nur ... Können wir nicht mal was anderes machen?«

»Was denn zum Beispiel?« Ihre Lehrerin lächelte breit wie ein Frosch während einer Fliegenplage.

»Also, Themen zu finden ist ja eigentlich Ihr Job.«

»Ich bin da immer offen für Vorschläge.«

Ihre Mitschüler stierten Doro auffordernd an.

»Ein anderes Land? Taiwan wäre bestimmt ganz ...«

»Wir werden das Thema Flüsse bald beenden«, unterbrach sie die Strohbeck, obwohl sie ja selbst gefragt hatte. »Ich möchte nur sichergehen, dass es jeder verstanden hat.«

»Was soll man an Flüssen nicht verstehen?«, raunte Doro ihrer Sitznachbarin ins Ohr, während Frau Strohbeck das Whiteboard anschmiss. »Flüsse fließen und sind aus Wasser!«

Yade kicherte. Frau Strohbecks Kopf schnellte diesmal ohne Froschlächeln in ihre Richtung. Sie hatte es auf Doro abgesehen, so wie der T-Shirt-Frosch auf die süße Fliege.

»Komm bitte nach vorn, Doro. Du hattest ja letztes Mal Probleme mit Flussmündung und Quelle. Suche doch bitte den Rhein und bestimme seine Quelle.«

Der Rhein floss irgendwo bei Köln, und Köln war irgendwo links in Deutschland, erinnerte sich Doro, während sie nach vorne trottete. Sie suchte nach einer großen Stadt mit Fluss links in Deutschland und fand sie. Mit den Augen wanderte sie den Rhein in beide Richtungen ab. An einem Ende fand sie ein Meer vor Holland, am anderen einen See in der Schweiz. Der See ergab mehr Sinn, fiel es Doro zum ersten Mal in ihrem Leben auf. War der Rhein erst mal drin im Meer, war er futsch und konnte nicht mehr entspringen.

»Der Tomasee. Richtig!« Die Strohbeck klang überrascht. »Ich glaube, wir haben hier eine kleine Flüsse-Expertin!«

Das »kleine« ärgerte Doro: Unverzüglich marschierte sie zu ihrem Platz zurück.

»Moment, Moment! Bestimme noch die Quelle der Elbe.«

Ratlos sah Doro wieder auf das Whiteboard. Die Klasse war mucksmäuschenstill. Es ging um alles. Flüsse oder Taiwan. Aus den Augenwinkeln bemerkte Doro, wie Yade etwas auf ihre linke Handfläche kritzelte. Unmerklich versuchte sie, den Kopf etwas zur Seite zu drehen, um zu entziffern, was ihre Freundin da geschrieben hatte. Tsch. Irgendwas mit Tsch.

»Tsch«, machte auch Alex, ein Junge mit Grübchen, der gerade so tat, als müsste er niesen.

Tschechien?

Tschechien lag im Osten, so viel war Doro klar.

»Wir hatten das letzte Woche«, murrte die Lehrerin gereizt. Dann sagte sie sogar: »So doof kann man doch nicht sein!«

Wütend suchte Doro den Osten ab, fand die Elbe und wies auf ihren ungefähren Ursprung in Tschechien.

Die Klasse atmete auf. Offensichtlich hatten alle außer ihr Deutschlands Flüsse kapiert, dachte Doro geknickt. Sogar wenn sie in Tschechien entsprangen.

»Oh. Eine Überraschung am Morgen.« Frau Strohbeck trug etwas in ihr Büchlein ein. Zurück an ihrem Platz, drückte Doro dankbar die Hand ihrer besten Freundin.

Ihr Kopf sank nach vorn. Sie war todmüde von der durchquatschten Nacht. Der Prinz hatte es gut. Der konnte unter einer kuscheligen Bettdecke schlafen und sie musste Flüsse-Raten spielen.

»Doro«, drohte die Erdkundelehrerin. »Wenn du einschläfst, streich ich die Zwei minus gleich wieder.« Doro war aus reiner Empörung plötzlich hellwach.

»Wieso nur 'ne Zwei minus? Ich wusste doch alles!«

»Dafür hast du dir für die Elbe aber ganz schön Zeit

gelassen«, erklärte Frau Strohbeck grinsend. Sie fuhr das Whiteboard herunter, schnappte sich das Erdkundebuch und tauschte die Flüsse gegen Klimazonen aus: Wo es wann wie warm oder kalt war.

Das Klima in Taiwan streifte sie nicht einmal.

Doro strengte sich höllisch an, die Augen bis zum Ende der Stunde offen zu halten. Manchmal nahm sie dafür ihre Finger zu Hilfe, außerdem stieß Yade ihr alle paar Minuten einen ihrer spitzen Ellbogen in die Seite.

»Hast du nicht geschlafen oder ist dir langweilig?!«

»Beides!«

Gerade, als Doro ein schummriges Licht sah und ihre Augen vermutlich nur noch einen Millimeter geöffnet waren, klingelte die Schulglocke. Doro fiel ein, dass sie ihrem Vater noch die Daumen drücken musste. Sie umschloss sie mit ihren Fingern, presste einmal, so fest sie konnte, und ließ dann erschöpft den Kopf auf die Tischplatte sinken.

Sie konnte nicht mehr. Sie musste schlafen.

Hier und jetzt.

»Alle nach draußen, bitte. Ich schließe ab«, rief die Strohbeck. »Doro, du auch, aber zackig!«

Mit letzter Kraft schleppte sich Doro hinter Yade nach draußen. Auf einer Schulbank legte sie ihren Kopf in Yades Schoß und ließ ihre Augen zuklappen. Ihre beste Freundin textete los, aber das störte Doro nicht. Im Gegenteil. Die Herbstsonne und das sanfte Geplapper ihrer Freundin machten sie noch schläfriger.

»Ich glaube, ich entführe Tasso. Der Boxhagen ist ein Idiot. Der sollte sich lieber Fische besorgen. Wie straff der die Zügel immer hält …«

»Hm-hm«, hörte Doro sich dumpf sagen.

Yade redete unaufhörlich weiter, bewegte sich aber keinen Millimeter dabei. Doro hatte das Gefühl, zu angenehm gleichmäßigen Geräuschen auf eine schaumstoffweiche Wolke zu sinken, auf der sie sich anschließend selbst schlafen sah.

»Wie süß!«, hörte sie plötzlich eine Jungenstimme.

»Lass sie schlafen«, flüsterte Yade.

»Als ob!«, gröhlte Alex.

Doro hielt ihre Augenlider weiter geschlossen, aber sie wusste, wer vor ihnen stand. Alex hatte schwarze Locken, etwas krumme weiße Zähne und Grübchen, die sich bei der kleinsten Bewegung seines Mundes in die Wangen gruben. Viele Mädchen fanden Alex wegen seiner Grübchen supersüß. Doro nervte er in fast jeder Pause. Warum, wusste sie nicht.

»Bist du müde?«, bellte er mit Grinsegrübchen.

»Ja und?«, gab Doro schläfrig zurück.

Alex nahm ihr Gesicht in beide Hände, rubbelte, bis Doro schließlich die Augen aufmachte, und lief weg.

»Der ist knallrot geworden!«, schrie Yade.

»Warum?«

»Der ist verknallt!«, schrie Yade.

»In wen?«

»In dich!«, schrie Yade.

Das war zu viel. Erst musste sie nach einer schlaflosen Nacht bei der Strohbeck nach vorn. Dann wurde sie während des Unterrichts halb ohnmächtig. Und jetzt verknallte sich auch noch der süße Alex in sie! Fehlte nur noch, dass der Tiemann Doro gleich die Deutsch-Hausaufgaben vorlesen ließ, die sie natürlich nicht gemacht hatte.

»Bei Tiemann darf ich übrigens auf keinen Fall einschlafen«, erklärte sie Yade. »Sonst bin ich fällig.«

Und sie war fällig, was sie allerdings erst später bemerkte. Im Moment schlief sie, tief und fest. In ihrem Traum trug sie ein bauschiges, weißes Kleid, das an der Brust ungemütlich eng anlag. Prinz Maximilian, jetzt mindestens so groß wie sie, strahlte Doro verliebt an. Gleichzeitig wuchsen ihm schwarze Locken, die immer länger und länger wurden, bis sie den ganzen Boden bedeckten.

»Aua!« Doro schlug die Augen auf. Ihr linker Oberarm schmerzte. Yade hatte ihre spitzen Fingernägel in ihre Haut gekrallt. Vor ihrem Zweiertisch krakeelte Herr Tiemann: »Das kann ja wohl nicht wahr sein!«

»Sie hat schlecht geschlafen, die Arme«, flötete Yade. »Ich meine, also … nicht hier. Ich meine letzte Nacht.«

Der Tiemann beachtete sie gar nicht.

»Ich verstehe dich nicht, Doro!«, rief er verzweifelt. »Du bist ein so schlaues Mädchen. Warum willst du denn nicht lernen?«

Doro fühlte sich furchtbar, nicht nur wegen dieser verdammten Müdigkeit, die schwer an ihr klebte wie regennasse Klamotten. Ihr Klassenlehrer fand sie schlau und zum Dank verpennte sie seinen Unterricht.

»Geh nach Hause, Doro. Und lass dir die Hausaufgaben von Yade geben.« Herr Tiemann klang, als müsste er nach einem harten, langen Kampf endlich seine Niederlage eingestehen.

Doro schulterte ihren bleischweren Rucksack. Mit einem verschämten »Tschüss« verließ sie das Klassenzimmer.

Auf dem Weg nach Hause gelangte Doro wundersam mühelos die steile Hauptstraße hinauf. Manchmal dachte sie, ihr Einrad besitze eine Seele und fahre, wenn es nötig war, von allein. Aber das verriet sie nicht einmal Yade.

Unbemerkt schlich sich Doro ins Haus. Ohne ihren Parka unter das Bild von Dorothea von Erxleben zu hängen, lief sie auf leisen Sohlen in ihr Zimmer. Das

Puppenhaus stand unverrückt auf ihrem Kleiderschrank. Sie nahm es herunter und stellte es behutsam auf dem Boden ab. Der Prinz schien noch immer zu schlafen. Er lag, die rot-weiß karierte Decke bis übers Kinn hochgezogen, auf der Seite. Doro betrachtete seinen winzigen Kopf, der sich keinen Millimeter bewegte. Angst durchfuhr sie, stark wie der Blitz, der Maximilian zum Leben erweckt hatte.

Atmete er noch?

Sie horchte, hörte aber nichts. Doro tastete vorsichtig nach der Wange des Prinzen. Sein Gesicht fühlte sich merkwürdig fest an. Sie schlug mit Zeigefinger und Daumen die kleine Bettdecke zurück.

Der Prinz lag reglos da, hart und porös wie getrockneter Salzteig.

Die holde Retterin

Mit zitternden Fingern strich Doro über Maximilians Wange.

»Mach die Augen auf«, flehte sie. »Na los! Mach schon!«

Er versuchte es, das sah Doro. Der Prinz lebte. Aber erst mit allergrößter Anstrengung gelang es der winzigen Hoheit, seine stecknadelkopfgroßen Augenlider zu öffnen.

»Wo bin ich?«, flüsterte er schwach. »Ach, bei Euch, holde Riesin!«

»Wir waren beim Du«, versuchte Doro ihre Angst zu überspielen.

Der Prinz wollte sich lächelnd aufsetzen, aber es gelang ihm nicht einmal, den Kopf zu heben.

»Was hast du bloß?«, fragte Doro hilflos.

Maximilian zuckte schwach und kaum merklich die Achseln. Das Reden hatte ihn angestrengt. Doro versuchte, ihm aus dem Becher, der neben ihrem Bett stand, Wasser zu geben. Der Prinz nahm einen Schluck. Wasser floss dabei aus dem Becher, der so groß war wie er selbst, und lief über sein Kinn. Vielleicht belebte das Wasser seine Haut, hoffte Doro, aber die Wassertropfen perlten bloß an ihm ab wie Regentropfen an einem Fenster.

Er flüsterte etwas. Sie verstand ihn nicht.

«Sag es bitte noch mal.«

»Mittags schreibt man klein«, hörte sie ihn sagen.

»Du spinnst wohl! Sag mir lieber, was ich tun kann!«

Sie befühlte seine spröde Haut und betrachtete verzweifelt sein immer noch wunderbar schimmerndes Haar. Augenblicklich kam ihr die goldglitzernde Ursuppe in den Sinn.

»Du musst zurück. In die Suppe, meine ich.«

Maximilian sah sie unentschlossen an.

»Alles was lebt, braucht etwas, damit es am Leben bleibt. Sogar der Löwenzahn bei uns im Garten! Der ist zäher als Unkraut. Trotzdem braucht er Wasser und Erde, um nicht einzugehen. Du brauchst auch etwas, das dir Kraft gibt, Maximilian, und das ist vielleicht die Ursuppe.«

Doro fand, sie klang so bescheuert wie ihre Besserwisser-Brüder, aber Maximilian schienen ihre Worte zu überzeugen.

»Einverstanden«, flüsterte er mit brüchiger Stimme.

Doros Herz wummerte, als sie den Prinzen in das Reagenzglas zurücksetzte. Es war nur noch zu zwei Dritteln mit Ursuppe gefüllt, doch der Prinz beugte mit größer Kraftanstrengung die Knie, sodass auch sein Kopf von der glitzernden Flüssigkeit bedeckt wurde. Nach einer Minute, die Doro endlos schien, begann seine Haut, weicher, geschmeidiger zu wirken. Noch etwas später strahlte der junge Prinz gesund und rosig über das ganze Gesicht. In dem schmalen Reagenzglas formten seine Lippen zwei Worte.

»Danke, Holde«, verstand Doro, wenn auch erst nach drei Versuchen. Der Prinz war geduldig.

»Bleib lieber noch ein bisschen da drin, ja?« Doro tippte sachte auf das Reagenzglas. Entschlossen versuchte der Prinz trotzdem, den Rand zu ergreifen, doch der schien noch weiter von ihm entfernt als gestern.

Während sie wieder einen Stift in das Glasrohr hielt, beschloss sie, eine kleine Kletterleiter zu basteln. An der konnte Maximilian dann allein hinein- und hinaussteigen. Sie setzte den Prinzen auf ihrer Kommode ab, wo er seine Reitstiefel entdeckte. Er schlüpfte gleich in sie hinein.

Dann setzte er sich elegant auf eine Packung Taschentücher und lächelte so abenteuerlustig wie auf dem Gemälde. Doros Mundwinkel blieben trotzdem unten. Wenn sie nun zu spät nach Hause gekommen wäre? Wenn Herr Tiemann sie nicht früher nach Hause geschickt hätte? Sie durfte gar nicht daran denken, aber sie tat es trotzdem.

»Zieht nicht solch trübe Miene, Holde. Mir geht es famos.«

»Wir waren bei Doro und Du.« Jetzt musste Doro doch grinsen. Sie hatte ganz vergessen, wie geschraubt der Prinz sprach, wenn er nicht porös war.

»Recht so. Mittags schreibt sich übrigens klein«, plapperte Maximilian in Bestlaune weiter. »Trotzdem danke ich verbindlichst für deine Nachricht.«

»Dann bist du zwischendurch aufgewacht und hast meinen Brief gelesen?«

»Nur kurz. Der Schlaf übermannte mich sogleich wieder. Wir beide haben nächtens zu lang palavert, scheint mir.«

»Scheint mir auch«, gähnte Doro. Ihr Körper fühlte sich jetzt, da der Schreck nachließ, tonnenschwer an.

»Versteck dich, wenn jemand kommt«, bat sie den Prinzen und ließ sich auf ihr Bett fallen. »Ich muss schlafen.«

Doro hatte die Augen noch nicht geschlossen, als ihr Handy summte. Dieser Tag war wirklich wie verhext. Ungeduldig fummelte sie das Gerät aus ihrem Parka, den sie mal wieder nicht ausgezogen hatte, und ging ran.

Yades dunkle Stimme gab ihr die Hausaufgaben durch.

»Deutschbuch Seite 114, Wortarten bestimmen«, wiederholte Doro murmelnd. »Danke, Yade. Bis morgen.«

Durch ihre halb geschlossenen Augenlider sah sie noch, wie der Prinz versuchte, einen Stift aufzurichten. Dann schlummerte sie endlich, endlich ein.

Etwas pikste sie ins Kinn. Erschrocken richtete sich Doro auf, ohne ihre müden Augen zu öffnen.

»Ist was? Brauchst du Ursuppe, Maximilian?« Sie zwang ihre Augenlider nach oben. Auf ihrem Brustkorb stand breitbeinig der Prinz. Grinsend umarmte er einen Bleistift, der in seinen Armen groß wie ein Baumstamm wirkte.

»Hast du mich damit gepikt?«

»Du hast zwei Stunden genächtigt, Doro. Das sei genug.«

»War jemand hier drin?«

»Eine Frau in Männertracht mit kurzen Haaren.«

»Meine Mutter.«

»Wenn du es sagst.«

»Hast du dich versteckt? Hat sie irgendwas gemacht?«

»Ich habe. Und sie hat versucht, dich deiner Jacke

zu entledigen. Sie reüssierte jedoch nicht und verließ dein Gemach.«

»Reüssierte? Sag mal, vergackeierst du mich?«

»Reüssieren. Vergackeiern. Verba. Womit wir beim Thema wären.« Der Prinz ließ den Bleistift fallen. Er hangelte sich die Bettdecke herab und lief zu einem aufgeschlagenen Schreibheft, das auf dem Boden herumlag.

Doro schälte sich schlaftrunken aus ihrem Parka.

»Wortarten bestimmen«, rief der Prinz und zeigte strahlend, was er in Doros Schreibheft notiert hatte. »Verbum, Substantivum, Adjektivum, Pronomina und mehr!«

»Ist dir die Ursuppe nicht bekommen?«, fragte Doro.

»Oh doch. Sehr sogar! Nun möchte ich als Dank für meine Rettung deine Übungsstücke mit dir absolvieren. Deutschbuch, Seite …« Er stolzierte über den Schreibblock auf dem Boden, in den er die Hausaufgaben notiert hatte. Ein ziemliches Gekrakel, fand Doro, aber sie hätte mit einem angespitzten Baumstamm auch nicht besser schreiben können.

»Seite 114«, fuhr er fort und sah sie auffordernd an.

»Weil du's bist«, gab Doro nach, setzte sich an ihren übervollen Schreibtisch und legte ihr Deutschbuch auf einen Haufen anderer Bücher, Zettel, Fotos und Basteleien von Yade.

Sie hörte ein leises Räuspern. Maximilian stand unten auf dem Boden und zeigte mit seinem kleinen Zeigefinger auf die Tischplatte. Doro presste ihre Hand flach neben seine Füße auf den Teppich, sodass der Prinz hinaufsteigen konnte. Auf ihrem Deutschbuch, Seite 114, setzte sie ihn wieder ab.

Maximilian verbeugte sich tief. »Verbindlichsten Dank.«

»Verbindlich bitte.«

»Du vergackeierst mich«, erkannte der Prinz gut gelaunt. »Nun, sei es drum. Präpariere fünf Farben.«

»Präpariere ist das Verb, oder?«, vermutete Doro.

»Hervorragend! Präpariere trotzdem fünf Farben.«

»Trotzdem … Präposition?«, riet Doro. »Oder Konjunktion?«

»Im Zweifel ist es immer das Adverbium«, raunte der Prinz verschwörerisch.

»Verbindlichsten Dank.«

»Verbindlich bitte. Präparierest du jetzt bitte fünf Farben?«

»Jetzt? Ah! Im Zweifel ist es immer das Adverbium!«, rief Doro. Zum ersten Mal in ihrem Leben machten ihr die Hausaufgaben Spaß.

Maximilian zerrte seufzend einen blauen Buntstift aus Doros Stifttasche und fuhr damit den ersten Satz entlang.

»Der Fuchs hatte den Hasen zum Mittagessen eingeladen«, las er laut vor.

»In diesem Buch stehen nur Kindergartentexte«, klärte Doro ihn auf.

»Dünkt mir auch so. Wohl denn«, keuchte er, während er versuchte, das dritte Wort blau zu unterstreichen, und dabei aussah, als wollte er ein Straßenschild abmontieren.

»Blau ist für die Verben, oder, Maximilian?«

Doch der Prinz hielt bereits einen roten Stift in seinen Armen. Und so ging es weiter. Maximilian war derart in seine Aufgabe vertieft, dass er Doro vergessen zu haben schien. Doch irgendwann verließen ihn die Kräfte, und ein grüner Stift plumpste auf Seite 114 und Maximilian auf seinen königlichen Hintern. Heftig nach Luft japsend knöpfte er seinen eng am Hals liegenden Kragen auf.

»Hüpf auf meine Hand, Maxi«, forderte Doro ihn auf. »Wir machen das zusammen.«

Maximilian schwieg nachdenklich.

»Gefällt dir Maxi nicht?«

»Oh, es klingt ausgesprochen freundschaftlich.«

»Ist das gut?«

»Es ist ausgesprochen gut«, antwortete er mit einem strahlenden Lächeln.

»Wie nennen dich denn deine Eltern? Max?«

»Maximilian.«

»Und deine Freunde?«

»Ein Prinz besitzt nicht viele Freunde. Eigentlich … gar keine.«

»Oh.« Mehr fiel Doro dazu nicht ein. »Machen wir weiter Hausaufgaben, ja?«, schlug sie zur Ablenkung vor, auch wenn sie es als überzeugte Schulschwänzerin seltsam fand, jemanden darum zu bitten.

Gemeinsam unterstrichen sie die weiteren Wortarten des Kindergartentextes von Seite 114. Am Ende war dem Prinzen übel vom Hin-und-her-Schaukeln auf den Stiften. Trotzdem betrachtete er zufrieden den bunten Text. Dann blickte Maximilian sehnsüchtig aus dem Fenster auf die roten Blätter in der Abendsonne. Ob er Heimweh hatte?, überlegte Doro bang. Vielleicht nach dem König und der Königin und seinem Pferd Rossa? Allerdings hatte der Prinz ihr letzte Nacht erzählt, dass seine Eltern streng waren. Er musste den ganzen Tag pauken, um später einmal die Königsstelle seines Vaters übernehmen zu können. Dabei war sich Maximilian nicht einmal sicher, ob er überhaupt König werden wollte.

»Es dunkelt draußen«, begann er leise. »Wir haben die Teestunde verpasst.«

»Wenn's nur das ist!«, rief Doro erleichtert. »Mein

Vater lässt ständig irgendwo seinen Tee stehen. Soll ich dir einen holen?«

Maximilian nickte dankbar. »Weißt du, Doro, sosehr ich es auch schätze, durch die chemische Apparatur deiner Mutter und einen merkwürdigen Zufall in ein winziges Männchen und in die Zukunft und zu dir katapultiert worden zu sein, möchte ich schlechterdings nicht auf meine nachmittägliche Tasse Tee verzichten.«

»Du bist ganz schön etepetete, Maxi«, rutschte es Doro, die den Satz nur halb verstanden hatte, heraus.

»Verbindlichsten Dank«, lächelte die winzige zwölfjährige Hoheit und überkreuzte abwartend ihre Strumpfhosenbeine.

An der Tür prallte Doro mit den Birnchen zusammen. Der Prinz hechtete in Doros Stiftetasche und vergrub sich unter ein paar Buntstiften und Kulis. Erwin und Albert stolperten schweißgebadet ins Zimmer.

»Was ist denn mit euch los?« Doro fühlte verwundert Erwins Stirn. Albert ließ sich nicht gern von ihr anfassen.

»Mann, du glühst, dass es wehtut!«

Albert und Erwin wankten wortlos zu Doros Bett und ließen sich rückwärts hineinplumpsen.

»Ihr habt bestimmt vierzig Grad Fieber!«, rief Doro.

Sie wusste nicht, ob sie besorgt oder sauer sein sollte. Mussten ausgerechnet heute alle in Lebensgefahr schweben?

»Ich hol Mama«, beschloss sie laut.

»Nein«, flüsterte Albert. Erwin schossen die Tränen in die Augen. »Bitte nicht«, flehte er seine große Schwester matt an.

»Wir haben ein Mittel entwickelt!«, übernahm Albert kraftlos.

»Gegen Fieber?«, hakte Doro nach.

»Für Fieber«, antworteten die Zwillinge zeitgleich.

»FÜR Fieber?!« Doro bemerkte, dass Maximilian fasziniert aus der Stiftetasche herauslugte. Streng zog sie ihre Augenbrauen zusammen. Der Prinz schuckelte sich unter die Stifte zurück, aber den Kopf behielt er draußen.

Doro setzte sich aufs Bett zu ihren Brüdern. Reglos starrten die beiden an die Decke.

»Ihr Schlaumeier seid so blöd, ein Mittel FÜR Fieber zu entwickeln!«, schimpfte sie.

»Damit wir zu Hause bleiben können«, entgegnete Albert, aber so unfreundlich, dass Doro ihn am liebsten aus ihrem Zimmer geworfen hätte, wenn er sich nicht gerade so gefährlich vergiftet hätte.

»Wir wollen Mama bei der Ursuppe helfen«, fuhr Erwin fort.

»Ihr seid schlimmere Schulschwänzer als ich«, fand Doro. »Was ist denn in eurem Mittel für Fieber drin?«

»Endotoxine«, flüsterten beide mit sichtbar schlechtem Gewissen. Doro schwieg schockiert. Selbst für jemanden, der keine Ahnung von Chemie hatte, klangen Endotoxine nach purem Gift.

»In spätestens einer Stunde lässt die Wirkung nach. Wenn wir es bis dahin schaffen.« Albert schloss seine Augen, weil ihm Schweißtropfen die Stirn herunterrannen. »Erwin hat es gestern ausprobiert. Das Fieber war nach einer halben Stunde weg. Wir haben bloß heute die doppelte Dosis genommen.«

»Wie beruhigend.« Doro schielte zu ihrer Stiftetasche hinüber. Der Prinz starrte die Birnchen ungläubig an. Doro hätte sich gern mit ihm beratschlagt. Sollte sie Hilfe rufen? Dann würden die Zwillinge allerdings wochenlang unter Überwachung stehen und aufmerksame Eltern konnte sie im Moment nicht brauchen. Die Birnchen sollten sich lieber schön mit ihrer Mutter im Keller vergraben. So wurde sie nicht gestört und hatte Zeit für Maximilian.

»Ich geb euch Fiebersaft«, entschloss sich Doro, lief ins Bad und nahm eine Flasche aus dem Arzneikasten. Leider war der Fiebersaft seit zwei Jahren abgelaufen und außerdem leer. Vermutlich war er über die Jahre verdunstet.

Als Doro zurückkehrte, lagen die Zwillinge gekrümmt und rot wie zwei gekochte Garnelen in ihrem Bett.

Was sollte sie bloß machen?

Aus den Augenwinkeln registrierte sie, wie ihre Stiftetasche hin und her rollte und ein tintenpatronenlanger Arm herauswinkte. Zum Glück waren die Birnchen vor lauter Fieber zu weggetreten, um es zu bemerken.

Doro lief zu ihrem Schreibtisch. Albert schielte kurz herüber, schloss aber gleich wieder seine Augen und wimmerte mit Erwin im Chor. Sie klangen so verzweifelt, als müssten sie mit Gleichaltrigen Topfschlagen spielen.

Ratlos beugte sich Doro zu ihrer Stiftetasche herunter.

»Wadenwickel!«, flüsterte Maximilian zuversichtlich und erklärte Doro, wie und warum feuchte Tücher gegen Fieber wirkten. Die Wickelei klang ähnlich wirksam wie die Kügelchen von Yades Mutter.

»Bist du sicher, dass man nicht genauso gut Kakteen anbeten könnte?«, tuschelte Doro.

»Kakteen anbeten ist nicht wissenschaftlich«, flüsterte der Prinz. »Mich selbst haben die Wadenwickel einst kuriert. Das Thermometer zeigte die höchste Temperatur an.«

»Ihr habt schon Thermometer?«

»Ja. Sie sind allerdings lang wie ein Schwert und

kaum zu handhaben. Nun sag selbst, Teuerste. Waren die Wadenwickel nicht erfolgreich? Sehe ich nicht vollständig gesundet aus?«

»Nicht, wenn du seit diesem Fieber so winzig bist.«

»Keineswegs. Vorgestern zur Teestunde maß ich noch 154 Zentimeter. Das ist für einen Jungen in meinem Alter geradezu …«

Die Zwillinge stöhnten laut auf.

»… riesig, ich weiß«, unterbrach ihn Doro. »Lass uns nicht so viel palavern. Guck lieber, ob ich alles richtig mache.«

Doro besorgte sich eine Ladung Handtücher, vier feuchte und vier trockene. Sie wickelte die feuchten Handtücher um Erwins Unterschenkel, schlug dann die trockenen herum und wiederholte die Prozedur bei Albert. Die Zwillinge ließen alles brav mit sich geschehen, oder sie waren bloß zu schlapp, um sich zu wehren.

Nach einer halben Stunde legte Doro eine Hand auf Erwins Stirn. Sie fühlte sich noch etwas zu warm an, aber die Augen der Zwillinge waren wieder klar und stechend blau. Die Wadenwickel hatten Wunder bewirkt.

Doro befreite ihre Brüder von den Handtüchern und befahl ihnen, aufzustehen und herumzulaufen.

»Sehr gut. Das bringt das Blut in Wallung«, raunte der Prinz Doro zu. Albert drehte sich misstrauisch zu ihr um.

»Hast du was gesagt?«

»Äh … . Schön, dass es euch besser geht.«

»Woher wusstest du das mit den Handtüchern?«, hakte Albert nach.

»Das sind Wadenwickel.« Doro genoss es, mehr zu wissen als ihr blitzgescheiter kleiner Bruder. »Noch nie davon gehört?«

»Nein. Wie wirken die genau?«, ließ Albert nicht locker.

»Das, äh, ist ganz einfach.« Doro versuchte, sich an das zu erinnern, was Maximilian ihr erklärt hatte. «Die Wärme aus euren Körpern ist, also … so in die kühleren Tücher geflossen.«

»Eine klassische Wärmeleitung«, schlussfolgerte Albert.

»Mhmh«, bejahte Doro, ohne die geringste Ahnung zu haben. Glücklicherweise fiel ihr noch etwas ein. »Außerdem ist die Feuchtigkeit in den Tüchern verdunstet. Weil eure Körper so heiß waren.« Warum dadurch das Fieber zurückgegangen war, hatte sie allerdings nicht kapiert.

»Verdunstungskälte!«, half ihr Albert aus der Klemme.

»Wir sind kühler geworden, weil das Wasser auf unseren Körpern verdunstet ist! Wie beim Schwitzen!«, schrie Erwin so begeistert, als habe seine Schwester eine Idee gehabt, für die sie den Nobelpreis bekommen würde. Dabei waren Wadenwickel älter als ihr Prinz aus der Ursuppe, also uralt.

Albert nickte Doro anerkennend zu.

»Vielleicht bist du gar nicht so doof, wie ich dachte«, entgegnete er und lächelte sogar. »Vielen Dank.«

Er reichte ihr die Hand, während Erwin sich kurz an sie drückte. Doro fühlte sich zum ersten Mal wie eine echte große Schwester.

»Aber das mit den Endotoxinen lasst ihr ab jetzt, klar?«

»Fürs Erste«, nuschelte Albert.

»Versprochen«, beteuerte Erwin. »Wir wollen in den Keller, zu Mama«, fuhr er dann fröhlich fort. »Kommst du mit, Doro?«

»Nein, ich ... muss noch was machen.« Plötzlich fiel ihr die Frage des Prinzen wieder ein. »Sagt mal, seit wann gibt es eigentlich Glühbirnen?«

»Seit 1879«, antwortete Albert. »Thomas Edison hat sie erfunden.«

»Nee«, widersprach Erwin, »das war Heinrich Göbel. Der war übrigens genauso schlecht in der Schule wie du, Doro.«

»Der Göbel hat das bloß behauptet! Es war Thomas Edison!«

Doro schob die Zwillinge aus ihrem Zimmer, die sich auf dem Weg in den Keller pausenlos anbrüllten, wer nun als erster Mensch auf der Welt künstliches Licht gemacht hatte.

Sie waren eindeutig wieder gesund.

»Ob ich die erste Glühbirne noch erleben darf?«, fragte sich Maximilian laut. »Ich bin 1811 geboren.«

»Möchtest du denn zurück? In deine Zeit?«

»Nicht unbedingt. Aber die Umstände …«

Sie verstand sofort, was er meinte.

Schweigend begann Doro, aus Bindfaden eine Kletterleiter für Maximilian zu knoten. Sie dachte über das Reagenzglas mit der Ursuppe nach. Sie würde wie der Fiebersaft, wie das Wasser in den Handtüchern, verdunsten oder von Maximilians kleinem Körper aufgesogen werden. Bedrückt hängte sie die fertige Strickleiter ans Reagenzglas. Mit ihr würde er sowohl in die Ursuppe hinein- als auch herauskommen, denn ein Teil des Bindfadens baumelte, beschwert mit einem Kettenanhänger, in der Ursuppe. Maximilian kletterte die Strickleiter probeweise hoch, aber er stieg nicht hinein.

»Ich … sollte sie nicht verschwenden.«

Sie wussten beide, dass der Prinz mehr Ursuppe

brauchte. Sie wussten auch, dass Doro ihrer Mutter versprochen hatte, nie wieder etwas von der Ursuppe zu nehmen.

Maximilians kleines Leben war in großer Gefahr.

Zwei Versprechen

Am nächsten Morgen stellte Doro dem Prinzen alles, was er bis zu ihrer Rückkehr aus der Schule brauchte, ins Puppenhaus: die Ursuppe, die Kletterleiter und die kleinsten Bücher, die sie finden konnte.

Zur Teezeit wollte Doro zurück sein.

»Bitte, so nimm mich doch mit!«, bat sie der Prinz. »Ich würde äußerst gern deine Lehranstalt inspizieren!«

»Nichts da«, hielt Doro dagegen. »Du bist viel zu neugierig. Aber ich erzähl dir hinterher alles, okay?«

»Okay.« Der Prinz lehnte sich in sehr mittelmäßiger Laune und mit immer noch lässig geöffnetem Kragen an das Geländer des Puppenhaus-Balkons. Doro winkte ihm aufmunternd zu, bevor sie mit ihrem Rucksack aus dem Zimmer marschierte.

Energisch lief sie die Treppen des Schippers-Hauses hinunter. Doro hatte beschlossen, Herrn Tiemann heute Morgen abzuholen. Sie wollte sich ehrlich dafür entschuldigen, dass sie fast nie Hausaufgaben machte und oft schwänzte. Sie wollte ihm auch mitteilen, dass jetzt alles anders werden würde. Vorausgesetzt, sie durfte sieben Klassen überspringen.

In der Haustür stehend, brüllte Doro wie jeden Morgen ein lang gezogenes »Tschü-üss« durchs Schippers-Haus. Niemand antwortete, obwohl alle noch daheim sein mussten. Verwundert lief Doro ins Wohnzimmer. Durchs Terrassenfenster sah sie die Birnchen draußen ungeschickt mit einem Spaten hantieren. Albert säbelte seinem Bruder beinahe die Zehen ab, als er in die Erde stach. Erwin konnte seinen Fuß gerade noch rechtzeitig zurückziehen. Die Zwillinge wollten vor der Schule wohl eine erste Löwenzahnwurzel ausbuddeln, vermutete Doro. Heute Nachmittag mussten dann alle Schippers ran. Doro freute sich auf die Ernte, auch weil sie als Einzige in der Familie mit Werkzeug umgehen konnte. Aber hatte sie bis dahin ihren Plan umgesetzt?

Es juckte in ihrem Nacken, das lag sicher an der Aufregung. Sie hatte für ihren Plan so furchtbar viel zu erledigen.

Doro marschierte in die Küche, wo ihr Vater versonnen über einer dampfenden Tasse hellgrünen

Tees, vermutlich Jasmintee, saß. Er hatte gestern die Fields-Medaille gewonnen, die höchste Auszeichnung für einen Mathematiker. Heute sollte es in allen Zeitungen stehen: Herr Schippers war der beste Rechner der Welt.

Doros Vater hatte herausgefunden, wie man jeden, auch den allerkompliziertesten und schlimmsten Knoten blitzschnell entwirren konnte. Nicht mit den Händen, sondern im Kopf oder mit einem Computer. Seit der Schulzeit arbeitete er schon an dieser Entwirrung, einfach, weil es ihm Spaß machte. »Es ist im Grunde nur herrlicher Unsinn«, lachte er, wenn er von seiner Arbeit erzählte. Aber dann hatte sich aus Japan ein Biologe gemeldet und gesagt, dass man mit der Schippers-Entwirrung Zellen im Körper besser verstehen könne. So hatte Doro es sich zumindest zusammengereimt: dass Zellen manchmal innen drin falsch verknotet waren, Krankheiten auslösten und entknotet werden mussten. Sie betrachtete ihren Vater, der abwesend in seinen Tee pustete, und kicherte leise. Wie schräg war das denn?! Ausgerechnet der verwirrte Schippers-Papa half anderen Leuten, Dinge zu entwirren.

»Feier' noch schön deine Knoten, Papa! Ich geh dann los.«

Herr Schippers nickte verträumt, verließ seinen dampfenden Tee und brühte sich in der Küche einen neuen. Doro beschloss, den vergessenen Tee ihrer Mutter zu bringen. Sie hatte sie seit gestern Morgen nicht mehr gesehen.

Frau Schippers steckte im Keller, wo sie lautstark auf die Computertastatur ihrer Chromatografieanlage eintippte. Während Doro ihre Mutter heimlich beobachtete, bemerkte sie die breiter gewordene graue Strähne in ihrem kurzen Haar. Sie war über Nacht älter geworden. Als sie näher kam, bemerkte sie, dass Tränen die Wangen ihrer Mutter hinabliefen.

»Klappt's nicht?«, fragte Doro vorsichtig.

»Oh, Doro.« Frau Schippers wischte sich schnell die Tränen weg und drehte sich mit einem angestrengten Lächeln zu ihr um. »Nein. Vielleicht sollte ich aufhören.« Sie lachte gekünstelt, als wäre es ihr egal. War es natürlich nicht. »So gut wie Papa werde ich nie. Nicht mal halb so gut.«

Während Herr Schippers quasi die Olympiade aller Naturwissenschaftler gewann, durfte seine Frau nicht einmal antreten. Und das wegen einer einzigen Aminosäure, überlegte Doro. So wichtig konnte die doch nicht sein!

»Reichen nicht 19 Aminosäuren?«

»Leider nicht«, antwortete Frau Schippers matt. »Ohne die zwanzigste wärst du so lebendig wie Knuspermüsli. Wenn überhaupt. Lässt du mich weiterarbeiten, Große?«

»Klar. Tschüss, Mama.«

Sie blieb trotzdem stehen und schielte auf das gänzlich gefüllte Auffangbecken des Magischen Quadrates. Es wäre so einfach gewesen: ihre Mutter hinauslocken und Ursuppe für ein paar Wochen oder länger abzuzapfen. Nein! Sie musste ihr Versprechen halten, wenn ihre Mutter nicht komplett ergrauen sollte. Ohnehin hatte Doro sich einen anderen Plan ausgedacht, um Maximilians winziges Leben zu retten. Ein Reagenzglas hatte sie auf die Idee gebracht: Der Prinz war am Morgen in die Ursuppe getaucht, einmal mit dem Kopf, einmal mit den Füßen zuerst, denn es befand sich nicht mehr genug Flüssigkeit im Reagenzglas. Nach dem ersten Schreck war Doro klar geworden, dass es Reagenzgläser auch in ihrer Schule gab. Und chemische Lösungen, Geräte, Gase, Strom. Alles, was sie brauchte.

»Lässt du mich jetzt bitte in Ruhe arbeiten?«, drängte ihre Mutter. Doro hatte ganz vergessen, dass sie immer noch im Keller stand.

»Willst du was trinken?«

Sie reichte ihrer Mutter den Tee. Gestresst lächelnd nahm Frau Schippers ihr die Tasse aus der Hand.

»Danke. Viel Spaß in der Schule.«

»Dir viel Glück!«

Doro hüpfte die Treppen hoch. Ihr Nacken juckte wieder, als kitzele sie jemand mit Grashalmen. Dass die Hersteller immer so blöde Etiketten annähen mussten! Doro blieb keine Zeit mehr, es zu entfernen, nicht mal, um sich zu kratzen. Sie durfte Herrn Tiemann auf gar keinen Fall verpassen.

Die tief stehende Oktobersonne blendete Doro auf ihrem Einrad. Sie schloss die Augen, um die vermutlich letzte Wärme des Jahres zu genießen. Blöderweise fing ihr Nacken wieder an zu jucken. Da Elwood keinen Lenker besaß, hatte sie beide Hände frei, um die Gegend unter ihrem Hinterkopf zu bearbeiten. Doch als Doro ansetzte, berührte sie etwas Weiches, das daraufhin ihren Rücken hinunter fiel. Erschrocken sprang sie von ihrem Einrad und griff unter ihren Pullover. Ein kleines, zappelndes, zahnbürstenschweres Etwas klammerte sich an ihrem Hosenbund fest.

»Maxi! Lass los!«, flüsterte Doro sauer, während sie sich prüfend nach allen Seiten umschaute. Zum Glück war die kleine Straße menschenleer.

Der Prinz löste den Griff, sodass Doro ihn unter ihrer Kleidung hervorziehen konnte. Angestrengt entblößte er seine Zähne. Wie ein zu klein geratener Nussknacker.

»Kannst du mir mal sagen, wie du unter meinen Parka gekommen bist?!«, zischelte Doro.

»Nun, ehem, zunächst ein gewagter und doch, ehem, zielgenauer Sprung die Balustrade hinab ...«

»Bisschen sehr gewagt, würde ich sagen! Und warum hast du mich gekillert?«

»Gekillert?«

»Gekitzelt!«

»Oh, ich versuchte lediglich, ob der interessanten Bebauung der hiesigen Stadt aus dem Jackenkragen hervorzulugen. Meine Haare müssen dich touchiert haben. Verzeih.«

»Ich verzeihe keineswegs! Du-bist-einfach-zu-neugie-rig!«

»Allerbeste Doro«, säuselte der Prinz, doch Doro war wild entschlossen, sich von ihm nicht knacken zu lassen. »Ich muss mir deine Lehranstalt aus der Zukunft unbedingt vor Augen führen! Die Mitstudenten! Die Lehrkräfte! Der Lehrstoff ist sicher äußerst erhebend!«

»Äußerst langweilig, würde ich sagen«, wehrte Doro ab. »Ich bring dich zurück.« Wie sie danach rechtzeitig bei Herrn Tiemann sein sollte, war ihr schleierhaft.

Das Grinsen des Prinzen erstarb. »Bitte nicht!«, flehte er Doro an. »Ich bin schrecklich einsam im Puppenhause. Am gestrigen Abend, als du mit deiner

Familie bei Tische saßest, bat ich sogar die hölzerne Großmutter, eine Partie Écarté mit mir zu spielen.«

»Ecarwas?«

»Ein Kartenspiel«, gab der Prinz beschämt zu.

Doro geriet ins Wanken. Sie hätte, wenn sie als Mini-Doro in der Zukunft gelandet wäre, auch nicht den halben Tag in einem Puppenhaus verbringen wollen, mit alten Holzpuppen, denen zum größten Teil Arme oder Beine oder beides fehlten.

»Nur ein einziges Mal!«, bearbeitete der Prinz sie weiter und hielt ihr seine erbensgroße Hand hin. »Abgemacht?«

Doro wollte mit ihrem kleinen Finger schon einschlagen, ruderte aber im letzten Moment zurück. Mitnehmen war zu unsicher. Wenn ihn jemand entdeckte? Maximilian würde im Unterricht sicher aus seinem Versteck hervorkriechen! Allerdings war auch das Schippers-Haus nicht sicher. Der Prinz würde sicher das Puppenhaus verlassen.

Sicher war er bei ihr am sichersten.

»Okay«, entschied sie. »Unter zwei Bedingungen. Erstens: Du palaverst nicht! Zweitens: Du bleibst im Rucksack und guckst nicht raus, auch ob der erhebenden Lehranstalt. Kapiert?!«

»Kapiert?«

»Verstanden?«

»Kapiert und verstanden. Ich palavere und gucke nicht!«

Eine alte Dame hatte, von ihnen unbemerkt, ihr Haus verlassen und beobachtete Doro, wie sie energisch auf ihre Hand einsprach.

»Ich übe Englischvokabeln«, brüllte Doro zu ihr hinüber. Die alte Frau marschierte unverzüglich mit ihrem Einkaufsnetz weiter.

Doro hockte sich hin, wobei sie den Prinzen zwischen ihren Füßen versteckte, und räumte ihren Rucksack um. Die Trinkflasche kam ins Hauptfach, der Prinz in die frei gewordene Seitentasche, die zum Glück so lang war, dass er nicht hinausspähen konnte.

»Geht das so, Maxi?«

»Ein vorzüglicher Platz! Verbindlichsten Dank!«

»Ja, ja«, brummte Doro, freute sich aber insgeheim, den Schultag mit dem Prinzen zu verbringen. Vielleicht konnte er bei ihrem Plan helfen. Er kannte ja einige Tricks.

Doro schnallte sich ihren Rucksack um, stellte einen Fuß auf die Pedale, nahm mit dem anderen kraftvoll Schwung, um in den Sattel zu gelangen, und fuhr los. Ein Auto hupte und der Fahrer reckte beeindruckt einen Daumen nach oben.

Doro strampelte lächelnd weiter.

Aus der Seitentasche brüllte Maxi aufgeregt heraus:

»Ich muss es einfach wissen, liebste Freundin, jetzt und sofort: Diese elektrischen Kutschen! Wie funktionieren die?«

»Elektrische Kutschen?«

»So wie jenes Vehikel eben! Metallisch! Farbig! Auf vier Rädern!«

»Autos?«

»Wenn du es sagst. Wie funktionieren sie? Mit Dampf? Wie jene Postkutsche, die es in England geben soll, ganz ohne Pferdestärken?«

»Erklär ich dir später. Und jetzt TAUCH ab! Sonst werd ich echt stinksauer, Maxi! Kapiert und verstanden?!«

Der Prinz gehorchte. Nur ein »Es ist alles so faszinierend« war noch leise aus der Seitentasche zu hören.

Zum Glück wusste Doro, wo Herr Tiemann wohnte. Ihr Klassenlehrer hatte im Sommer die gesamte Klasse 5 A zu einem Gartenfest eingeladen. Seine Freundin Hella – die Schüler sollten Hella und Sie sagen – arbeitete als Landschaftsarchitektin. Der Garten war bunt und schön und blumig und das Gegenteil vom Unkrautgarten der Schippers.

Doro klingelte einmal kurz und wartete. Hella riss fröhlich die Tür auf. »Dorochen! Willst du meinen Mann abholen?«

»Woher wissen Sie das?«, wunderte sich Doro.

Hella lachte schallend. Sie rief Tom, also Herrn Tiemann herunter, der mit einem dicken Baby im Arm die Treppe herunterkam. Seine lederne Schultasche baumelte bereits über einer Schulter. Als er Doro erblickte, lachte er, nur klang es bei ihm ein bisschen verzweifelt.

»Freuen Sie sich doch, dass eine Schülerin Sie abholt.«, empörte sich Doro.

»Ich freue mich, Doro. Gehen wir.«

Er küsste sein Baby, drückte es seiner Freundin in den Arm, küsste sie ebenfalls und stapfte erschöpft los.

Stumm liefen sie eine Weile nebeneinanderher, wobei Doro ihr Einrad am Sattel hinter sich herziehen musste. Ihr Lehrer schien keine Lust zu haben, das Gespräch zu eröffnen. Seine Gesichtsfarbe erinnerte an Schulkreide.

»Schlecht geschlafen?«, begann Doro. »Das Baby, was?«

»Ja«, gähnte er.

»Kenn ich. Erwin konnte, als er Backenzähne bekam, nur bei mir schlafen. Wollen Sie erst mal einen Kaffee?«

Das war das A und O in solchen Situationen: eine entspannte Gesprächsatmosphäre schaffen.

Herr Tiemann nickte erleichtert.

In der Bäckerei bemerkte Doro ein Foto ihres Vaters, das auf der ersten Seite der Tageszeitung prangte. Er sah ziemlich beknackt darauf aus mit seinen fisseligen, langen Haaren und der gepunkteten Fliege um seinen dürren Hals. Außerdem starrte er so erstaunt in die Kamera, als habe er noch nie eine gesehen. Bevor Herr Tiemann das Bild bemerken konnte, lief Doro schnell wieder aus dem Laden. Die Goldmedaille von Herrn Schippers war jetzt nicht das richtige Thema.

Draußen schlürfte Herr Tiemann mit schweren Augenlidern seinen Wachmacher.

»Also, was ist los?«, legte er nach ein paar Schlucken los. »Du holst mich doch nicht einfach so ab, Doro Schippers.«

Jetzt nicht gleich mit der Tür ins Haus fallen, dachte Doro. Es ging um das Leben des Prinzen.

»Ich wollte mich entschuldigen, dass ich gestern die Hausaufgaben nicht gemacht habe. Und dass ich im Unterricht eingeschlafen bin.«

Ihr Lehrer nippte wortlos an seinem Kaffee. Doro glaubte ein Grinsen auf seinem Gesicht zu entdecken. Manche Lehrer waren doof, aber der Tiemann sicher nicht. Er wusste, dass sie auf etwas ganz anderes hinauswollte. Na gut. Dann öffnete sie die Tür eben, aber nur einen Spaltbreit.

»Der Unterricht in der 5 A ist im Moment nichts für mich.«

»Warum nicht?« Ihr Lehrer klang ehrlich interessiert.

»Es kommt mir alles unwichtig vor. Adjektive, Flüsse, Klimazonen. Das hat mit meinem Leben nichts zu tun.«

Das sollte eine sanfte Überleitung zur Chemie sein, funktionierte aber nicht. Der Tiemann, immerhin ihr Deutschlehrer, machte das, was sie beim Aufsatzschreiben nie durften: Er kam vom Thema ab.

»Dein Vater steht in der Zeitung. Ich wusste gar nicht, dass er als brillantester Mathematiker der Welt gilt.«

»Ja und?«, antwortete Doro lustlos.

»Deine Mutter ist Chemikerin an der Uni. Deine Brüder haben zwei Klassen übersprungen. Kann es sein, dass du Angst hast, nicht mithalten zu können? Dass du deswegen nicht lernen willst? Weil du denkst, du wirst sowieso nie so gut wie die anderen in deiner Familie?«

Das Gespräch ging in die völlig falsche Richtung. Sie wollte doch ab jetzt die allerfleißigste Schülerin des Max-Planck-Gymnasiums sein, wenn sie bloß sieben Klassen überspringen durfte! Am besten schon heute.

»Vielleicht ist es bei mir wie bei meinen Brüdern«, erklärte sie listig. »Ich bin im Grunde unterfordert.«

Herr Tiemann verschluckte sich an seinem Kaffee.

»Doro, du setzt alle drei Worte ein Komma, und in Mathe behauptest du, ein Trapez bestehe aus Seilen. Ich überlege ernstlich, ob du nicht eine Klasse wiederholen solltest.« Er nahm einen letzten großen Schluck aus seinem Becher.

Sie sollte sitzen bleiben? Das Gespräch verlief jetzt quasi in die entgegengesetzte Richtung! Keine Panik, versuchte Doro sich zu beruhigen. Sie konnte immer noch mit der Tür ins Haus fallen.

»Ich bräuchte ein Fach, das mich interessiert. Chemie.«

»Wegen deiner Mutter?«

»Ja … auch.«

»Chemie hast du dann in der Sieben sowieso.«

»So lange kann ich nicht warten.«

»Warum nicht?«

Er warf seinen Becher in hohem Bogen in eine Mülltonne.

Maximilian lugte besorgt aus der Seitentasche heraus. Doro fragte sich verdutzt, wie er das schon wieder angestellt hatte. Zum Glück tauchte er sofort wieder ab, als sich ihre Blicke trafen. Der Prinz ließ Doro an die Ursuppe denken.

Endlich wusste sie, was zu tun war.

»Kennen Sie das Ursuppenexperiment von Stanley Miller?«

Sie erklärte es ihrem Lehrer und auch, dass ihre Mutter fast verzweifelte, weil ihr das Experiment nicht gelang und sie überhaupt nicht mehr aus ihrem Keller herauskam. Herr Tiemann hörte aufmerksam zu. Er hatte noch nie von Stanley Miller gehört. Das musste Doro mal zu Hause erzählen!

»Sehen Sie, wie ich dafür brenne?«, endete sie.

»Ich sehe, wie du für das Experiment deiner Mutter brennst.« Doro fand, er sah furchtbar beeindruckt aus. Jetzt nicht lockerlassen, feuerte sie sich selbst an.

»Das muss man doch unterstützen, so als Schule, oder? Erziehung zur Selbstständigkeit, das ist es doch!«, rief sie überschwänglich. »In der Zwölf gibt es einen Chemie-Leistungskurs. Meine Mutter war mal dort und hat denen was über Protehne oder so erzählt. Da möchte ich mitmachen. Ab heute.«

Sie hatten das Schultor bereits erreicht.

»Das würde unsere Direktorin nie erlauben.«

»Wenn Sie mit ihr reden!«, flehte Doro ihn an, während sie auf den Schulhof liefen. »Ich schwänze dann auch nie wieder die Schule! Nie wieder, ich verspreche es! Ich bin schulisch wirklich hoch motiviert. Sehen Sie!«

Sie bat ihren Lehrer, Elwood zu halten, und fummelte aus dem Rucksack ihr Deutschbuch heraus. Es war nass geworden. Die Trinkflasche musste im

Hauptfach ausgelaufen sein. Egal. Sie schlug Seite 114 auf. Verschwommen war zu sehen, wie Doro die Wortarten unterstrichen hatte.

Herr Tiemann warf nur einen kurzen Blick darauf.

»Meinst du das ernst? Nie mehr schwänzen?«

»Ja«, sagte Doro, und sie wusste, dass sie dieses Versprechen halten musste. Genau wie das Versprechen, nie wieder die Ursuppe ihrer Mutter anzurühren.

»Die Schule guckt sich dein Verhalten nicht mehr lange an, Doro. Ich habe als dein Klassenlehrer bei meinen Kollegen und der Direktorin immer wieder ein gutes Wort für dich eingelegt. Weil ich an dich glaube.«

Es klingelte zur ersten Stunde. Doro sah Yade vom Schuleingang ungeduldig herüberwinken.

»Ist das jetzt ein Ja oder ein Nein?«

»Ich muss drüber nachdenken.« Herr Tiemann drückte ihr Elwood in die Hand und ließ sie stehen.

Doro in der Zwölf

Herr Tiemann verspätete sich, aber Doro hatte keine Hoffnung, dass er sich gerade für ihre Sache einsetzte. Sie dachte darüber nach, wie sie heute noch diverse Gase, Glasgefäße und Stromkabel für das Minigewitter organisieren könnte. Gleichzeitig versuchte sie, Yade zuzuhören, die nervös an der Schleife ihrer cremefarbenen Tunika herumfummelte.

»Ich halt das nicht mehr aus, Schatzi. Dieser Boxhagen ist ein Tierquäler! Ich muss Tassochen entführen!«

»Du kannst nicht mal eine Weintraube entführen, die im Supermarkt auf dem Boden liegt«, sagte Doro. »Und ein Pferd zu kidnappen ist ungefähr tausendmal schlimmer!«

»Seit wann versteht du was von Multiplikation?«,

witzelte Yade, wurde aber gleich wieder todernst. »Ich entführe Tasso. Du wirst schon sehen.«

So viel Ungehorsam musste man unterstützen, fand Doro.

»Klar werd ich das. Ich mach ja mit.«

»Ehrlich, Schatzi? Komm her!« Yade umarmte sie dramatisch.

»Bloß nicht heute.« Doro drückte ihre Freundin fest zurück. »Da ist bei uns Löwenzahnernte.«

Dass sie auch noch einen Liter Ursuppe kochen wollte, behielt sie für sich. Es war das erste Mal, dass sie ein Geheimnis vor Yade hatte. Nein, haben musste. Es ging um Maximilians Sicherheit.

Während ihre Freundin von einer versteckt liegenden Weide für Tasso erzählte, spürte Doro, wie jemand sie anstarrte. Grübchen-Alex.

Doro sah freundlich zurück. Er war ja irgendwie ganz lustig und außerdem wohl in sie verliebt. Mürrisch drehte der Lockenkopf seinen Kopf weg.

Versteh einer die Kerle, wunderte sich Doro. Gestern knuddeln sie dich und heute stänkern sie dich an.

»Dem ist das peinlich, Doro«, erklärte Yade, die ihrem Blick gefolgt war. »Es ist für Männer oft nicht einfach, ihre Gefühle zu zeigen, und wenn sie es einmal getan haben, überfordert es sie. Es gibt übrigens Kügelchen dafür.«

Aber Doro war in Gedanken längst bei einem anderen Jungen, einem, der groß wie ihr Zeigefinger war. Hoffentlich steckte der Prinz noch, wo er stecken sollte.

Sie beugte sich zu ihrem Rucksack hinunter, als würde sie etwas darin suchen, und schob mit einem Finger das Seitenfach auf. Maximilian zwinkerte ihr verschwörerisch zu. Doro bemerkte auch die Papierkugel, die neben ihm lag. Darauf hatte er sich also gestellt! Sie griff nach dem Papierknäuel, aber der Winzling setzte sich stur darauf.

»Guten Morgen!« Herr Tiemann betrat das Klassenzimmer und warf seine Ledertasche aufs Pult. »Entschuldigt die Verspätung. Ich musste noch etwas mit der Direktorin besprechen.« Doro ließ die Kugel los. Ihre Mitschüler stürzten auf ihre Plätze. Wie ein Schwarm Guppys im Aquarium starrten sie ihren Klassenlehrer stumm an. Direktorinnengespräche klangen nach Ärger, schulfrei oder anderen wichtigen Neuigkeiten.

»Doro, nimm deine Schultasche und geh in den Chemieraum.«

»Wie haben Sie das gemacht?«, staunte Doro, die schon ihren Rucksack im Arm hatte.

»Das ist nur ein Schnuppertag«, überging der Lehrer ihre Frage kurzangebunden. »Es bleibt bei deinem Versprechen, ja?!«

»Klar! Versprochen ist versprochen!«

Doro eilte unverzüglich aus dem Klassenzimmer.

An der Tür sah sie noch einmal zu Yade hinüber. Ihre beste Freundin wirkte irgendwie enttäuscht.

»Pause«, bedeutete Doro mit den Lippen. Aber was sollte sie ihr eigentlich in der Pause erzählen?

Gleich würde Doro also mit Leuten im Unterricht sitzen, die Autos fuhren, in der Pause knutschten und sich selbst Entschuldigungen schreiben durften. Sie fühlte sich selbst schon fast volljährig.

Mit rasendem Herzen sprang sie die abgetretenen Steintreppen zum Chemieraum hoch und öffnete die Tür.

Der Chemielehrer sah freundlich zu ihr herüber. Ein paar Chemie-Leistungskursler musterten sie fragend, andere schauten gleichgültig sonst wohin. Der ganze Kurs wirkte so lebendig wie ein in der Tupperdose vergessenes Pausenbrot.

»Hallo!«, machte Doro den Anfang und fühlte sich dabei, als müsse sie ohne Kostüm auf die Bühne. »Ich bin, also, äh, zum Schnuppertag hier. Doro Schippers. Freut mich.«

»Hallo Doro, es freut uns auch. Ich bin Herr Fuchs«, begrüßte sie der Lehrer, ein kleiner Mann, der Doro mit seiner spitzen Nase und den schwarzen, runden

Augen eher an einen Hamster erinnerte. »Setz dich doch ...«, er scannte den Chemieraum, »... da hin. Neben Sascha.«

Er wies auf einen Tisch in der zweiten Reihe, an dem ein großes Mädchen saß, das zu viele Chips aß und sauer auf alles und jeden war. Das vermutete Doro zumindest, denn Sascha war speckig und steckte von oben bis unten in weiten, schwarzen Klamotten. Doro nickte ihr, während sie sich neben sie platzierte, sehr freundlich zu. Sascha nickte sehr unfreundlich zurück. Sie war keine Yade. Aber egal, Doro wollte hier ja keine Freundinnen finden.

»Ihr wundert euch bestimmt, was ein elfjähriges Mädchen bei uns macht. Doro wollte sich gerne mal den Unterricht eines Leistungskurses anzusehen. Wir wollten ihr das ausnahmsweise ermöglichen. Als Experiment sozusagen!«

Jetzt glotzten doch alle zu ihr herüber. Klar, bei Experiment drehen alle Chemiker gleich durch, dachte Doro, das kannte sie von ihrer Mutter. Sie schielte nach hinten, ins Chemielabor, das an den Klassenraum anschloss. Noch nie hatte sie sich so danach gesehnt, ein Reagenzglas in der Hand zu halten oder ein paar Lösungen und Gase zu mixen.

»Was weißt du denn über Chemie?«, holte der Fuchs sie in die Klasse zurück.

»Ich kenne Prothene.« Sie brachte das ganz locker heraus.

»Proteine, Eiweiße, ja«, korrigierte der Fuchs sie unauffällig. »Ein wichtiges Gebiet der Chemie.«

Alle Leistungskursler außer Sascha, die nun mal neben ihr saß, tuschelten. Sie hatten natürlich gleich kapiert, dass Doro Chemie allerhöchstens buchstabieren konnte. Wenn der Fuchs das Experiment mit ihr nun wieder abbrach? Die nackte Angst brachte Doro dazu, in ihren verlorensten Gehirnwindungen nach etwas Brauchbarem zu forschen.

»Chemie, das … haben ganz früher die Goldköche erfunden«, fiel ihr plötzlich ein. Irgend so etwas hatte ihre Mutter Doro einmal als Gutenachtgeschichte erzählt. »Vor, ja, ich sag mal tausend Jahren dachten ein paar Leute, sie könnten irgendwelche Metalle oder so zusammenmixen.« Sie knetete mit den Händen einen unsichtbaren Teig, worauf Sascha neben ihr stöhnte. »Dann erhitzten sie das Ganze, um Gold zu kriegen. Hunderte von Jahren haben die gemixt und erhitzt, aber es kam nie Gold dabei heraus. Aber die Goldkocher …«

»Alchimisten!«, schnaubte Sascha genervt.

»Ja, stimmt, so ähnlich hießen die.«

»Nicht so ähnlich! Alchimisten!«

»Von mir aus.« Doro nickte der schwer atmenden

Sascha gutmütig zu. »Die Alchimisten haben leider kein Gold zustande gekriegt. Aber dafür haben sie alles Mögliche bei ihrer Kocherei entdeckt.«

»Was denn?«, hakte Herr Fuchs nach.

»Alles Mögliche, so wie …« Ja, wie was bloß?! Chemie steckte überall, sagte ihr Mutter immer.

»Parfüm?«, riet sie. Das war schließlich auch wertvoll.

»Sehr gut!«, rief Herr Fuchs. Doro spürte, wie sich ihr Gesicht rosa färbte. »Destillation als Grundlage der Parfümherstellung!« Er strahlte beglückt. »Perfektioniert von arabischen Alchimisten! Lösung der Duftstoffe von ihrem Material! Aus der Rose wird Rosenöl! Ich sehe, du hast wirklich Interesse an unserem Fach, Doro.«

Sie wurde rot wie eine Rose für schwer Verliebte, also dunkelrot. Seit Ewigkeiten war sie nicht gelobt worden und schon gar nicht für etwas, von dem sie keinen Schimmer hatte. Aufgeregt überlegte Doro, wie sie unauffällig von Parfüm auf Ursuppe überleiten konnte.

»Inka«, kam der Chemielehrer ihr zuvor. »Erzählen Sie unserem Besuch doch bitte mal, was wir im Moment machen.«

»Wir beschäftigen uns gerade mit analytischen Verfahren zur Konzentrationsbestimmung«, sagte ein

Mädchen, das so brav aussah, dass es fast hinter sich selbst verschwand.

»Kannst du was damit anfangen, Doro?«, erkundigte sich Herr Fuchs mit freundlichem Hamsterlächeln.

»Ja, äh … Ich merke eigentlich selbst, ob ich konzentriert bin. Da muss ich gar nicht analytisch verfahren.«

Die Schüler lachten, aber Doro lachte sofort mit, denn auslachen ließ sie sich nicht mal von Volljährigen.

»Es geht um die Konzentration von bestimmten Stoffen in organischen Verbindungen«, erklärte die unsichtbare Inka weiter. »Zum Beispiel von Oxalsäure in Rhabarber.«

»Und wozu analysieren wir das? Sascha?«, wollte der Fuchs von Doros schwarz gekleideter Sitznachbarin wissen.

»Damit wir nicht krepieren, wenn wir im Juni dieses eklige Fisselzeugs in uns reinstopfen«, schnaubte Sascha.

Wie konnte man an Rhabarber sterben?, grübelte Doro. Doch höchstens, wenn man sich die ganze Stange in den Rachen stopfte. Aber wer machte so was? Und was hatte das mit Chemie zu tun?

»Der Oxalsäuregehalt des Rhabarbers verändert sich, je wärmer es draußen wird«, erklärte der Fuchs freundlich in ihre Richtung, und Doro nickte so selbstverständlich, als müsse man darüber gar nicht erst reden. »Im Juni, spätestens Juli ist die Säure im Rhabarber so hoch konzentriert, dass der Genuss Menschen krank machen kann.«

Und schwupps – war sie mittendrin in der Stunde. Zuerst wurde wahnsinnig viel an die Tafel geschrieben. Buchstaben standen da, Klammern, Hochzahlen, Pfeile. Eine halbe Stunde war vergangen und Doro hatte noch keine einzige Bemerkung geschweige denn eine Formel verstanden, schrieb aber alles mit, was Sascha neben ihr mitschrieb, auch ›HÖR AUF IN MEIN HEFT ZU GLOTZEN!!!‹. Dabei spähte sie ständig nach hinten ins Chemielabor, genau wie der Prinz, der sich natürlich wieder auf die Papierkugel gestellt hatte, aber sofort abtauchte, als ihre Blicke sich trafen.

Doro musste die Klasse dazu bringen, sich mit etwas anderem zu befassen. Mit großer Geste schaute sie auf ihre Uhr und fiel, als Herr Fuchs während einer Erklärung gerade Luft holte, knallhart mit der Tür ins Haus.

»Bevor die Stunde vorbei ist, hätte ich noch eine Frage: Proteine kennt ihr ja alle, wie ich gemerkt habe. Hat hier jemand schon mal was von dem Ursuppenexperiment von Stanley Miller gehört? Da geht's auch um Eiweiße und dass wir alle daraus entstanden sind.«

Ein paar Schüler schwiegen beeindruckt.

Sascha schielte entgeistert zu ihr herüber.

»Chemische Evolution steht leider nicht auf dem Lehrplan für die gymnasiale Oberstufe«, sagte Herr Fuchs bedauernd.

»Vielleicht, aber …«, stammelte Doro. »Nur so als Experiment? Da würd ich dann auch gern wieder mitmachen!«

»Nein, das geht dann doch zu weit.«

»Wieso?! Ist es zu schwer?«, hakte Doro kampfbereit nach.

»Für einen Leistungskurs? Der grundlegende Versuchsaufbau wäre vielleicht zu schaffen …«

»Hättet ihr Lust?«, suchte sie in der Klasse nach Verbündeten. Einige Große guckten neugierig.

»Ich muss meinen Stoff schaffen«, wiegelte der Fuchs ab. »Die Klausuren, die Abiturprüfung am Ende des Schuljahres …«

Schon bei dem Wort ›Klausuren‹ erlosch das Interesse der Schüler abrupt und der Schulgong tat sein Übriges: Die Großen schlurften hinaus. Die Diskussion war beendet.

Herr Fuchs packte seine Tasche und wartete an der Tür auf Doro. Sie versuchte, sich nicht anmerken zu lassen, wie frustriert sie war. In diesem Leistungskurs kriegte sie Maximilians Ursuppe auf jeden Fall nicht hin.

»Hat dir die Stunde Spaß gemacht?«

»Schon«, antwortete Doro.

Sie beobachtete, wie der Lehrer die Tür abschloss und den Schlüsselbund in seiner Jackentasche verschwinden ließ. Das Chemielabor hinten hatte er offen gelassen, klar, eine abgeschlossene Tür reichte ja.

Und wenn sie die Suppe allein kochte? Dafür musste sie aber irgendwie an den Schlüssel ihres Lehrers kommen.

»Ich habe es heute Morgen in der Zeitung gelesen«, teilte der Fuchs ihr fasziniert mit. »Der beste Mathematiker der Welt ist dein Vater! Was macht er denn genau?«

Doro überlegte, während sie von der schipperschen Knotenentwirrung erzählte, ihre Finger unbemerkt in Herrn Fuchs' Jackentasche gleiten zu lassen. Doch bereits beim Anheben ihrer Hand spürte sie, dass der Lehrer es merken würde.

Wie machten Taschendiebe das bloß?!

»Oh! Ich hab Pausenaufsicht und muss jetzt raus. Wenn du mal wieder bei uns schnuppern möchtest – immer gern!«

Und weg war der Lehrer mitsamt seinen Schlüsseln.

Auf dem Pausenhof fiel Doro doch noch ein, wie sie in das Chemielabor gelangen könnte. Sie marschierte zum Fuchs, der gerade von Sascha vollgetextet wurde.

»Entschuldigung«, begann Doro. »Ich muss noch mal in den Chemieraum. Ich hab meinen Füller da vergessen.«

»Du hast doch mit Kuli rumgekritzelt«, motzte Sascha.

»Vergessen hab ich ihn trotzdem«, motzte Doro zurück.

Gutmütig fummelte der Fuchs in seiner Jackettasche herum.

»Bring ihn bitte gleich zurück, ja? Und vergiss nicht abzuschließen! Dort findet heute nichts mehr statt.«

»Weil alle Chemie abwählen. Zu schwer für die Blödis hier!«, hetzte Sascha hasserfüllt.

Doro hastete mit dem Schlüssel zum Gebäude zurück. Sie bemerkte Yade, die suchend über den Schulhof ging. Zwischen all den lärmenden und lachenden Schülern wirkte ihre Freundin ohne sie ganz verloren, dachte Doro geknickt. Aber sie musste weiter, zum Chemieraum, ihn aufschließen, nicht wieder abschließen und dem Fuchs anschließend den Schlüssel zurückbringen.

Das tat sie auch.

Dann schellte es zur letzten Stunde.

Im Klassenzimmer guckte Yade überallhin, bloß nicht zu ihr. Doro kapierte, dass ihre Freundin stinksauer war.

»Ich musste noch mit dem Chemielehrer quatschen«, versuchte sie, Yade zu besänftigen, während sie in dem Rucksack auf ihrem Schoß nach ihrem Erdkundebuch forschte.

»Aha?« Schnippisch studierte Yade ihre beigegoldfarben lackierten Fingernägel. »Warum wolltest du überhaupt diesen Schnuppertag machen? Du findest Chemie doch bescheuert.«

»Wegen der Ursuppe meiner Mutter. Die kommt nicht klar.«

»Und du willst ihr helfen?«, kicherte ihre beste Freundin. »Mann, du bist echt 'ne Süße, Mausi!« Gerührt blickte sie in Doros Augen. »Oh! Was ist das denn?«

Doro folgte der Richtung eines goldbeigefarbenen Fingernagels, der auf ihren Rucksack wies. Das kirschgroße Gesicht des Prinzen lugte aus der Seitentasche hervor. ›Nicht abtauchen‹, flehte Doro ihn innerlich an. Zum Glück blieb Maximilian stocksteif stehen. Er versuchte, nicht mit seinen weit aufgerissenen Augen zu blinzeln, auch nicht, als Yade ihn aus der Tasche zog und dicht vor ihre längliche Nase hielt. Doro bekam einen Herzinfarkt, so musste es sich zumindest anfühlen: Ihr Herz schlug so schnell, dass sie glaubte, es schlage gar nicht mehr!

»Wow! Wo hast du diese süße Puppe her?«

»Aus … dem Museum. Der Königsausstellung.« Doro bemühte sich, einigermaßen entspannt zu klingen. »Die ist ziemlich empfindlich. Tu sie besser wieder rein, ja?«

Yade bog prüfend seine linke Hand vor und zurück. Der Prinz biss schmerzerfüllt die Zähne zusammen. Dann stopfte Yade ihn unsanft in die Seitentasche zurück, aber nur, weil sich ein lautes Klackern näherte: Die Strohbeck donnerte in die Klasse, mit einem zähnefletschenden Wolf auf der Brust, dessen Maul auf die Rückseite des T-Shirts überging.

»Hallo«, flötete die Lehrerin. Doro bemerkte, dass auf dem Rücken des Shirts ein niedliches Reh gedruckt war.

»Beginnen wir mit den Klimazonen …«

Doro setzte sich aufrecht hin. Sie blieb wach, sie meldete sich, sie gab Antworten. Eine war sogar richtig. Es ging um Wolken und dass sie entstehen, wenn Wasser verdunstet. Dunstwolken kannte Doro vom Kochen.

Der Wolf fletschte trotzdem die Zähne.

»Hat da jemand vorgesagt?«, fragte sie spitz.

»Bloß ich Ihnen«, gab Doro freundlich zurück. So witzig war das zwar nicht, aber Grübchen-Alex bekam eine Lachattacke und wurde von der Strohbeck rausgeschmissen.

»Der ist so was von verknallt in dich«, raunte Yade zu ihr herüber. »Da haben sich Leute nicht mehr unter Kontrolle.«

Doro hoffte, dass sich wenigstens der Prinz unter Kontrolle hatte. Sie überprüfte das Seitenfach ihres Rucksacks. Maximilian betrachtete verträumt ihre beste Freundin, verschwand aber, als er Doros warnenden Blick bemerkte.

Nach Schulschluss verabschiedete sie sich von Yade mit einem extralangen Drücker und tat dann am Fahrradständer so, als wolle sie Elwood aufschließen. Bestimmt hundert Schüler liefen diskutierend, kichernd oder schimpfend an ihr vorbei. Irgendwann musste Doro wirklich mal aufschließen, wenn sie nicht total auffallen wollte.

»Geht nicht auf, das Schloss«?, fragte eine Jungenstimme. Grübchen-Alex stand direkt hinter ihr.

»Was? Ja … Nein. Doch!«, stotterte Doro.

Sie stellte den richtigen Zahlencode ein, was tatsächlich lang dauerte, weil ihre Hände komischerweise zitterten.

Alex legte seine Hand auf Elwoods Sattel.

»Wie kommst du eigentlich auf das Riesending?«

»Ich steig mit einem Fuß auf die Pedale, stoß mich mit dem anderen ab und dann …«, stotterte Doro zum zweiten Mal in ihrem Leben, »… fahr ich halt los.«

»Geht's auch so?«

Alex hob Doro an den Hüften auf Elwood hinauf. Seine Berührung kitzelte sonderbar, und Doro hatte das Gefühl, schon wieder einen Herzinfarkt zu bekommen. Um nicht umzufallen, radelte sie augenblicklich los.

»Bis morgen! Wenn du nicht schwänzt!«, grölte Grinsegrübchen ihr nach.

»Als ob!«, grölte Doro zurück. Sie spürte noch immer die warme Stelle, an der Alex sie berührt hatte. Sie konnte gar nicht aufhören, daran zu denken. Krampfhaft versuchte sie, während sie um das Schulgelände herumkurvte, sich aufs Einradfahren zu konzentrieren. Und auf ihren Plan.

Es dauerte eine Ewigkeit, bis das Max-Planck-Gymnasium zur Ruhe kam. Irgendwann konnte Doro die Vögel hören, die in den gelb- und rotblättrigen Bäumen herumzwitscherten. Aber erst als minutenlang niemand mehr auf dem Schulhof zu sehen war, stieg sie von Elwood ab und kehrte in das sandfarbene Gebäude aus alten, groben Steinen zurück.

»Du wolltest mir noch darlegen, wie die Kutschenvehikel, ich meine diese … Autos funktionieren.«

Maximilians Augen strahlten neugierig aus der Seitentasche hervor.

»Mit Benzin. Das ist so was wie Ursuppe. Für Autos.«

»Statt Dampf? Hochinteressant!«

»Ja, aber wir kümmern uns jetzt um DEINE Ursuppe, Maxi.«

Zum zweiten Mal an diesem Tag erklomm sie die Treppen zum Chemieraum und öffnete vorsichtig die schwere, unabgeschlossene Eisentür.

Die perfekte Ursuppe

»Wenn wir hier nicht alles für die Ursuppe finden«, Doro hielt Maximilian im Chemielabor siegessicher auf Augenhöhe, »dann weiß ich auch nicht.«

Der Prinz hörte ihr gar nicht zu, sondern bestaunte das vollgepfropfte Chemielabor genauso fassungslos wie heute Morgen die Metallvehikel ohne Pferde. In der Mitte des riesigen Raums ragten drei braun gekachelte Tische wie Inseln in die Höhe. Ihre Arbeitsflächen waren mit allem vollgestellt, was Chemiker wohl so brauchten: Glaskolben, Bunsenbrenner, Mörser, Messlöffel, Trichter, Pipetten, Plastikschalen mit Deckeln und Reagenzgläser.

»Eine wissenschaftliche Wunderkammer!« Maximilians braune Augen glänzten vor Glück. »Sag, was benötigest du nun für mein Lebenselixier? Ein paar Pülverchen und Wässerchen?«

»Glaubst du, das weiß ich auswendig?!«

»Keineswegs!«

Doro setzte ihn auf der Arbeitsplatte ab und zog einen Zettel aus ihrer engen Jeans. Darauf stand die Versuchsanordnung ihrer Mutter, die Doro in der Nacht in einem Ordner gefunden und abgeschrieben hatte.

»Also, wir brauchen«, sie glättete den ramponierten Zettel, »… Methan, Ammoniak, Wasserstoff …«

»Wasserstoff?!«

Doro schaute von ihrem Zettel auf und bemerkte eine kommagroße Sorgenfalte auf Maximilians Stirn. »Wasserstoff ist ein Gas! Sein Entdecker, der ehrwürdige Monsieur Lavoisier, nannte es auch ›brennbare Luft‹!«

»Von mir aus«, antwortete Doro cool. »Dann brauchen wir noch Schwefelwasserstoff, Kohlendioxid, einen Blitz, eine Flamme und was zum Kühlen.«

Sie entdeckte weitere Sorgenfalten-Kommas auf der Stirn des Prinzen, nur jetzt längere und waagerechte.

»Ich bitte dich, dein Vorhaben zu überdenken. Denke nur an P. L. Dulong. Er hatte 1811, dem Jahr meiner Geburt, beim Experimentieren mit explosionsfähigen Stickstoffverbindungen den Verlust eines Auges und zweier Finger zu beklagen!«

»Ich kenne keinen P. L. Dingdong. Außerdem brauchen wir keinen Stickstoff.«

»Glaubst du Ammoniak oder Methan seien harmloser?«

Doro wollte Maximilians Frage entschieden mit Ja beantworten. Da entdeckte sie in einer Vitrine unzählige Fläschchen mit Totenkopf-Aufklebern darauf.

»Doro, ich sage es frei heraus: Es ist viel zu gefährlich.« Ängstlich lief der Prinz auf den Kacheln des Tisches hin und her. Doro stoppte ihn mit ihrem Zeigefinger.

«Ich muss doch irgendwas tun«, erklärte sie eindringlich. »Wenn wir die Ursuppe nicht kochen, dann … stirbst du.«

»Das Risiko ist zu hoch!«

»Dann mache ich es eben allein.«

Sie nahm den Finger weg, sodass der Prinz strauchelte und beinahe auf sein edles Näschen gefallen wäre. Entschlossen suchte Doro aus der Vitrine eine der Totenkopf-Flaschen heraus und tat so, als wolle sie den Deckel abschrauben. Panisch trippelte der Prinz auf dem Kacheltisch zu ihr hinüber.

»Also gut!«, seufzte er ergeben. »Ich erkläre mich einverstanden. Unter einer Bedingung! Nein, zwei.«

Er deutete auf das Bücherregal am Ende des Raumes.

»Wir holen den Rat der großen Gelehrten ein. Und

du tätigst keine Handlung allein! Jede Aktion wird diskutiert.«

Doro stellte die Flasche zurück.

»Einverstanden.«

Dann diskutierte sie eben.

Unter dem Gezwitscher der Vögel und dem einlullenden Rauschen der Bäume, das durch die alten Fenster zu ihnen hindurchdrang, begannen sie zu arbeiten. Ab und zu hörte Doro ein Buch auf den Boden fallen: Dann grub sich der Prinz hinein, öffnete es und lief darauf herum, um zu lesen. Seine Technik wurde immer besser.

Doro suchte währenddessen nach Glasrohren mit Ventilen und steckte sie mit zwei Kolben und einem Auffangbecken zusammen. Eine Kleinigkeit, fand sie.

Das Magische Quadrat war fix zusammengebaut.

Die Gase waren kniffliger. Fertiges Ammoniak, Methan oder Kohlendioxid, das sie an das Magische Quadrat hätten anstöpseln können, fand Doro im Chemielabor nicht.

»Wir müssen die Gase selbst fertigen«, murmelte der Prinz und studierte ein paar Sätze unter seinen Füßen. »Suche denn Ammoniumchlorid und Calciumhydroxid!«

Doro durchforstete unverzüglich die Vitrinen.

»Ich hab das Zeug!«

Triumphierend knallte sie die beiden kleinen Behälter auf den Kacheltisch.

»Gemach, gemach!«, bat sie der Prinz. »Und nun: Fülle die zwei Feststoffe in einen Kolben und erhitze sie. Dann …« Er tapste lesend einen weiteren Satz entlang. »Stecke ein langes Röhrchen hinein. Fange das durch die Erhitzung entstandene Gas in einem weiteren Kolben auf.«

Doro befürchtete, dass sie vielleicht doch zu doof für Chemie war, suchte aber tapfer alles zusammen. Danach füllte sie das Gemisch in den Kolben und erhitze ihn mit einem voll aufgedrehten Bunsenbrenner. Der Boden des Kolbens färbte sich beängstigend schwarz, doch dann entwich hauchzarter Dampf in das kleine Röhrchen.

»Wir haben Ammoniak! AMMONIAK!«, grölte Doro wie sonst nur bei letzten Schultagen und Lehrerwandertagen.

Für Methan brauchten sie Aluminiumcarbid, das hübsch glitzerte, aber in der Nase juckte. Doro kratzte mit einem Zeigefinger zurück. Am Finger war wohl etwas Alucarbid gewesen, auf jeden Fall schossen Tränen in ihre Augen und Feuer jagte ihre Schleimhäute bis ins Gehirn hinauf.

»Halb so schlimm. Schon vorbei!«, log Doro, als sie

in die schreckgeweiteten Augen des Prinzen blickte. Ein merkwürdiges Ziehen und Brummen in ihrem Kopf blieb.

Für Wasserstoff brauchten sie graues Zinkpulver und einen Schuss Salzsäure. Salzsäure hörte sich sogar für Doro übel an, nach weggeätzten Fingern oder Schlimmerem. Zum Glück fand sie in einem Regal dicke, gelbe Gummihandschuhe, auf denen »superstrong« stand.

»Die halten bestimmt alles aus.«

Aber Doro spürte, wie der Prinz den Atem anhielt, als sie Salzsäure in ein Reagenzglas schüttete, das sie fachmännisch in einer Halterung eingeklemmt hatte. Ein Tropfen der stechend riechenden, farblosen Flüssigkeit fiel auf Doros Handschuhe. Sie hielten. Doch nach einer Millisekunde hüpfte er weiter auf ihren Schuh.

»AAAAAH!«

Schreiend knallte Doro das Fläschchen auf den Tisch und riss sich ihren Sneaker vom Fuß. Ein Loch klaffte in ihrem Schuh, auch die Socke war angesengt und eine Stelle am Fußrücken erinnerte an das Innere einer Bratwurst.

Der Prinz trippelte erschrocken zu ihr herüber.

»Wir hören auf!«

»Quatsch! Wir haben es doch fast geschafft!«

Doro zwängte ihren höllisch brennenden Fuß ins Waschbecken und ließ kühles Wasser daraufplätschern. »Wir brauchen bloß noch Schwefelwasserstoff und Kohlendioxid!«

»NEIN! Es sei genug!«

»Wieso denn? Ist doch kaum was passiert!«

Doro nahm ihren Fuß aus dem Becken und tupfte behutsam mit einem Taschentuch darauf rum. »Ich mach schnell den Wasserstoff fertig und dann lassen wir die ersten Gase ins Magische Quadrat rein. Okay?«

Wenig später setzte Doro den Kolben mit dem Wasserstoff an ein Ventil und drehte die Öffnung auf.

»Sauerstoff!«, hörte sie Maximilian noch brüllen.

Zu spät.

Eine kleine, aber laute Explosion ließ das Magische Quadrat zersplittern. Doro legte schützend ihre Hände über den Prinzen, um ihn vor herumfliegenden Splittern zu schützen. Erst als es wieder still war, ließ sie den Prinzen los.

»Wie konnte ich das vergessen! In der Apparatur befand sich Sauerstoff!« Verzweifelt fasste sich Maximilian an seine vor lauter Kommas ganz zerfurchte Stirn. »Ein Teufelszeug! Der ehrwürdige Lavoisier beschrieb die Reaktion: Sauerstoff bringt Metall zum Rosten! Holz zum Brennen! Und ...«

»Gase zum Explodieren«, wusste jetzt auch Doro.

Sie öffnete ein Fenster, um die stickige Luft nach draußen zu lassen. Dabei bemerkte Doro Blut an ihrem Handrücken. Schnell leckte sie es ab. Doch der Prinz stand bereits neben ihrem Hosenbein und zupfte besorgt am Saum.

»Alles in Ordnung, meine Beste?«

Nichts war in Ordnung. Und das nicht nur wegen ihrer Nase, die brannte, des Fußes, der schmerzte, und der Hand, die blutete. Sie war so furchtbar enttäuscht von sich.

»Du hattest recht, Maxi«, flüsterte sie. »Ich schaffe das nicht. Ich bin nicht so schlau wie die anderen in meiner Familie. Für so was bin ich einfach zu doof.«

Doros Augen füllten sich mit Tränen. Maximilian zupfte heftiger an ihrem Hosensaum. Sie hob ihn hoch.

»Das macht doch nichts, liebe Freundin.« Mitfühlend wischte der Prinz mit seiner kleinen Hand eine ihrer Tränen weg. »Wir werden einen anderen Plan ersinnen!«

»Und welchen?«, fragte Doro verzweifelt.

»Nun … noch bin ich bar jedes Einfalls«, gestand der Prinz. »Aber das kommt sicher noch!«

Irgendwie glaubte sie, er glaube selbst nicht daran.

Schweigend lasen sie die Scherben auf und steckten sie in eine Tüte, die Doro anschließend in ihren Rucksack packte. Dann wischten sie sorgfältig die

Arbeitsplatte und den Boden sauber. Doro würde der Schule neue Glaskolben besorgen. Ihre Mutter besaß Hunderte von den Dingern.

Erschöpft und humpelnd lief sie mit Maximilian im Rucksack zum Fahrradständer, schloss Elwood auf und fuhr heim. Sie hatte eigentlich erwartet, dass der Prinz sie unterwegs nach Autos ausquetschen würde, aber er schwieg.

Vor dem Schippers-Haus lehnte Doro Elwood an die Wand. Sie entsorgte ihr misslungenes Experiment im Mülleimer und bedeckte es mit einer vollen Mülltüte. Kaum hatte sie die Tonne geschlossen, flog die Haustür auf.

»Dorochen! Da bist du ja endlich!«

Ihr Vater stakste auf seinen dürren Beinen erleichtert die Treppe zu ihr herunter. »Hast du vergessen, dass heute Löwenzahnernte ist? Wir brauchen dich! Die Birnchen kriegen die Wurzeln nicht raus.«

»Aber Papa, du bist doch da.«

»Ich bin Mathematiker!« Entrüstet zeigte Herr Schippers seine zarten Schlaumeierfinger. »Die sind völlig unbrauchbar!«

Er kicherte.

Doro musste mitkichern, trotz allem.

Sie musste daran denken, wie sich ihr Vater mal

beim Öffnen einer Linsensuppendose den Zeigefinger gebrochen hatte.

»Ich muss nur kurz in mein Zimmer.«

Vielleicht brachte sie das Buddeln ja auf eine Idee, wie sie und Maxi doch noch an Ursuppe gelangen könnten. Im Flur schnappte sich Doro eine der Teetassen, die ihr Vater mal wieder nicht leer getrunken hatte, und sprang die Treppen hoch.

Im Zimmer füllte sie etwas Tee in eine Puppentasse und stellte sie auf einer Bonbonpackung ab. Der Prinz setzte sich im Schneidersitz davor und schlürfte an seinem Ingwer-Zitronengras-Tee. Glückstee nannten ihn die Hersteller.

»Sehr erbaulich. Hebt den Mut, trotz unserer prekären Lage.«

»Muss es eigentlich Ursuppe sein?«, folgte Doro einem plötzlichen Einfall. »Vielleicht reicht ja auch Tee für dich!« Doch sie bemerkte, wie die Spitze seines Zeigefingers, den Maximilian beim Teetrinken elegant abspreizte, schon wieder hölzern wurde. Noch am Abend würde der Prinz den letzten Rest Ursuppe aufgebraucht haben.

Ihr Handy summte. Düster fummelte Doro es aus ihrer Jacke, schaute aufs Display und legte es auf den Boden. Der Prinz beugte sich neugierig darüber.

»Yade«, hauchte er mit Blick auf das kleine Foto im Display. »Ein apartes Weib. Bist du gar nicht geneigt, die Telegrafie anzunehmen?«

»Ich ruf später zurück. Jetzt muss ich zu den Birnchen, bevor die noch zu uns hochkommen.«

»Darf ich dich begleiten?«

»Lieber nicht. Du trinkst deinen Tee, ja?«

Sie hob den Prinzen in das Puppenhaus auf dem Schrank und stellte seine Puppentasse auf ein Holztischchen. Geknickt nahm Maximilian daran Platz.

»Lust auf eine Partie Écarté?«, fragte er die Puppenhaus-Oma. »Ach, ich vergaß: Sie besitzen ja keine Extremitäten mehr!« Anklagend schaute er zu Doro herab.

»Ich beeile mich, Maxi. Versprochen!«

Im Garten zerrten die Birnchen gemeinsam an einer halb ausgegrabenen Löwenzahnwurzel, plumpsten aber mit leeren Händen auf ihre prallen Hintern. Schweiß lief an ihren kleinen Köpfen herunter, als hätten sie schon wieder ihren Fiebersaft geschlürft.

Doch kaum hatten sie Doro bemerkt, rappelten sich die Zwillinge schon wieder auf.

»Kannst du helfen?«, bat Erwin seine Schwester.

»Wo warst du so lange?«, beschwerte sich Albert.

Wortlos schnappte sich Doro den spitzen Spaten.

Sie trat an eine der Monsterpflanzen heran, holte mit dem Gartengerät aus und ließ die Spitze tief in die Erde krachen. Dann stemmte sie sich mit ihren ganzen zweiundvierzig Kilo darauf und ruckelte am Griff hin und her. Die so gelockerte Erde schaufelte sie zur Seite. Anschließend holte sie ein zweites Mal mit dem Spaten aus und wiederholte die Prozedur, immer und immer wieder.

Die Schufterei tat ihr gut.

»Was macht die da?«, fragte Albert kritisch.

»Sie gräbt«, flüsterte Erwin ehrfürchtig.

»Ob sie einen anderen Abstandsvektor für das Hebelgesetz gewählt hat?«, vermutete Erwin flüsternd.

»Die? So'n Quatsch!«, maunzte Albert.

Die runden Augen der Birnchen weiteten sich: Als wäre es nichts, hielt Doro eine meterlange Löwenzahnwurzel mit daumendicken Verästelungen in die Höhe.

Ihr Vater betrat mit einer neuen Teetasse in den weißen, schmalen Händen den Garten.

»Großartig, Dorochen!«

Er ließ sich in einen Gartenstuhl fallen und beobachtete hingerissen, wie seine Tochter eine weitere, noch größere Wurzel erntete. Die Zwillinge liefen zu ihm, um sich neben Herrn Schippers zu setzen.

»Nix da!«, rief Doro. »Ihr geht zu den Nachbarn und holt euch auch ein paar Spaten. Ich schufte hier doch nicht allein! Will ICH vielleicht mit Kautschuk rumpanschen?«

»Wir panschen nicht mit Kautschuk rum! Wir stellen ihn her!«, regte sich Albert auf. «Dafür müssen wir die Wurzeln akribisch reinigen, fachmännisch erhitzen und …«

»Erst mal ernten! Beweg deinen Hintern, Einstein!«

Herr Schippers nickte beifällig.

»Du auch, Papa! Deine Schlaumeierfinger können ein bisschen Arbeit vertragen. Wird's bald, ihr drei!«,

Jungs unsicher aus dem Garten stolpern sah. Zehn Minuten später kehrten die drei stolz und mit verschiedenen Haken und Spaten zurück.

Unter ihrer Anleitung gruben sie tatsächlich ganze Wurzeln aus. Doro fiel auf, dass ihre Mutter sich gar nicht blicken ließ.

»Wo ist Mama eigentlich?«, keuchte sie beim Graben.

»Ursuppe«, keuchten die Schippersmänner zurück.

»Klappt's?«

während sie eine weitere Löwenzahnwurzel ausstach. Wenn die Ursuppe sowieso nicht richtig war, konnte ihre Mutter doch was davon rausrücken. Vielleicht behauptete Doro einfach, sie wolle etwas davon zum nächsten Chemie-Schnuppertag mitbringen.

Das war es!

Die Ernte ging weiter. Ihr Vater summte eine wunderschöne Melodie, die Doro an Sommer und Zusammensein erinnerte.

»Seit wann kannst du so schön summen?«, wunderte sie sich.

»Seit ich nicht mehr rechne«, entgegnete ihr Vater fröhlich. »Ich hab's mir überlegt, Doro: Ich hab fürs Erste genug von der Mathematik. Die Fields-Medaille gibt's sowieso nur einmal. Jetzt ist Mama mal dran. Und ihr.«

Das klang gut, fand Doro. Schwungvoll setzte sie an einer neuen Riesenpusteblume an. Ihr Kopf, ihre Nase und der Fuß schmerzten nicht mehr. Sie nahm sich vor, ihre Mutter nach dieser Wurzel um Ursuppe zu bitten, dann nach der nächsten. Und der übernächsten und der überübernächsten.

Da stolperte Frau Schippers in die Löwenzahn-Plantage herein, mit fiebrigen Augen und Sturmfrisur.

»Ich hab sie! ICH HAB SIE! Ich hab die zwanzigste Aminosäure gefunden!«

»Schatz! SCHATZ!«, stammelte Herr Schippers.

»Suuuuuper!!!«, brüllten die Birnchen.

Ihre Mutter fiel erst ihrem Mann um den Hals, dann den Zwillingen. Doro machte einen Schritt zurück. Sie brachte kein Wort heraus. Doch Frau Schippers bemerkte es in ihrem Freudentaumel gar nicht. Stattdessen drückte sie ihre Tochter besonders innig und knutschte sie.

»Toll«, sagte Doro mechanisch.

Ihre Mutter hatte die perfekte Ursuppe gekocht.

Niemals würde sie ihr davon abgeben.

Der einzige Ausweg

Am Morgen war das Reagenzglas leer. Und Doros Kopf auch. Nur der Prinz grinste aufgekratzt, weil er gerade in dem verbliebenen Rest seines Lebenselixiers gebadet hatte.

»Wäre doch gelacht, wenn wir der Situation nicht Herr werden würden. Ich bin der Sohn eines Königs! Und du … eine Schippers! Wir werden eine Lösung ersinnen!«

›Bloß wann?‹, dachte Doro, schnappte sich ihren Rucksack und schlurfte in die Küche. Sie war so in Gedanken versunken, dass sie vergaß, sich von Maximilian zu verabschieden.

In der Schippers-Küche hatte Doros Vater ein bombastisches Frühstück zubereitet. Frau Schippers und die Birnchen saßen schon am Tisch und mampften duftenden Pfannkuchen, Schinken, Omelette, Croissants und Orangenmarmelade. Alles duftete wunderbar durcheinander, aber Doro hatte trotzdem null Appetit.

»Setz dich, Große«, strahlte ihre Mutter. Papa Schippers lud einen fetten Pfannkuchen auf ihren Teller, den Erwin gleich für seine Schwester in Ahornsirup ertränkte. Alberts Hände und sein Mund waren mit Würstchen belegt.

»Ich habe den Wert der Nahrungszubereitung immer unterschätzt«, erklärte der Exmathematiker freudig, setzte seine Teetasse an seine schmalen Lippen und nahm einen großen Schluck. Und dann noch einen. Doro konnte es kaum glauben: Ihr Vater trank.

»Gehst du echt nicht mehr zur Uni, Papa?«

»Nein. Ich hab heute Morgen mein Sabbatjahr angemeldet. Ein Jahr ohne Knoten im Kopf. Ich schmeiß den Laden hier, und meine Ursuppenkönigin präpariert ihre ersten Proben.«

Er meinte ihre Mutter, die Doro trotz Strubbelhaaren an frische Löwenzahnblüten denken ließ.

Die zwanzigste Aminosäure wirkte Wunder.

Doro schob ihren Pfannkuchen weg. Ihr war kotzübel.

»Was ist los?«, erkundigte sich Frau Schippers besorgt. »Hast du dich mit Yade gestritten?«

»Nee.«

»Stress in der Schule? Kann ich dir mit irgendwas helfen?«

Was sollte Doro da sagen? ›Gib mir einen Liter Ursuppe? Deine Professur ist doch nicht so wichtig?‹

Abrupt stand sie auf.

»Ich muss los. Tschüss.«

»Tschüss«, antworteten die Schippers verdattert.

Ihre Beine bearbeiteten Elwoods Pedale und ihr Gehirn die Ursuppenfrage. Vielleicht könnte sie Sascha anhauen? Die hatte nichts als Chemie im Kopf und wohl auch keine Freunde. Vielleicht war sie froh über den Job.

»Doro!«, rief Yade.

Sie drehte sich um. Da stand ihre Freundin im rot-weißen Rosenkleid. Was für ein Zufall, dachte Doro, bis ihr einfiel, dass sie sich jeden Morgen hier trafen.

»Oh ... Hallo, Yade!« Sie radelte zurück.

»Warum fährst du an mir vorbei?!« Yade musterte Doro streng. Als sie keine Antwort erhielt, stöckelte sie beleidigt auf ihren roten Stiefeletten los. Sie achtete nicht einmal darauf, ob ihre Freundin ihr folgte. Eilig zog Doro Elwood hinter sich her, um Yade einzuholen.

»Ist was?« Sie fand die Frage selbst ziemlich ungeschickt.

»Oh ja!«

Yade blieb stehen und atmete ein paarmal tief ein und aus. »Warum hast du gestern nicht zurückgerufen?«

Doro fiel keine Ausrede ein. Überhaupt keine. Bloß ein Themenwechsel, aber das machte ja sogar der Tiemann.

»Wollen wir heute Nachmittag Tasso entführen?« Dieser Vorschlag musste ihre Freundin doch besänftigen!

Yade strich, ohne aufzublicken, die großen Rosen auf ihrem Kleid glatt. Sie schien zu überlegen.

»Hast du denn Zeit?«, wollte sie nach einer Weile wissen. Ihre dunkle Stimme klang einen Hauch sanfter.

»Ja klar!«, rief Doro.

Sie betraten den Schulhof und schlossen zu Grübchen-Alex auf. Der zeigte strahlend seine niedlichen, krummen Zähne. Doros Hüfte erwärmte sich augenblicklich.

»Als ob!«, lachte Alex. »Du schwänzt ja gar nicht!«

Er legte einen Arm um ihre Seite. Doro hatte das Gefühl, ihre Hüfte fange Feuer! Zum Glück ließ Alex sie in der nächsten Sekunde wieder los und rannte weg.

Verwirrt suchte sie Yades Blick. Mit eiskaltem Gesicht lief ihre Freundin weiter. Was hatte sie bloß?, grübelte Doro, während sie Elwood am Fahrradständer ankettete, um dann ihre Freundin schleunigst wieder einzuholen.

Yade weinte. Ihretwegen? Hilflos griff Doro nach der Hand ihrer liebsten Freundin, aber Yade zog sie weg.

»Sind wir noch beste Freundinnen?«, schniefte sie.

»Ja klar!«, rief Doro wieder.

»Aber du rufst gar nicht mehr an! Du hast nie Zeit! Bist du in Alex verliebt? Trefft ihr euch nachmittags?«

»Als ob!«, versuchte Doro einen Witz, wurde blöderweise aber rot dabei wie jemand, der Quatsch erzählt.

»Du lügst. Du bist auch verknallt!«

»Nein, ehrlich!« Sie wusste ja auch gar nicht genau, wie sich das anfühlte, Verliebtsein. »Und ich treff den auch nicht, Yade!«

»Aber irgendwas ist! Magst du mich nicht mehr oder was?«

Doro zuckte zusammen, so entsetzlich war es für sie, was ihre Freundin da sagte.

Maximilian schielte erschrocken aus der Seitentasche heraus. Wie war der bloß wieder in ihren Rucksack gekommen?, überlegte Doro und funkelte den Prinzen sauer an. Der bewegte überdeutlich die Lippen und zeigte mit seinem grashalmdicken Zeigefinger auf Yade. ›Sag es. Sag es ihr‹, sollte das wohl heißen. Nein, entschied Doro sofort.

Wenn ihre Freundin schon wegen Alex so sauer war … Vielleicht würde sie alles herumerzählen!

»Ich kann es dir nicht sagen«, stammelte Doro hilflos, als sie den Eingang zur Schule erreichten. »Es ist kompliziert. Irgendwann vielleicht …«

»Ich erzähle dir immer alles«, unterbrach ihre beste Freundin sie schluchzend und lief weg. Doro biss sich auf die Lippen, um nicht ebenfalls loszuheulen.

»Ich bin untröstlich«, raunte der Prinz. »Welche Turbulenzen ich in dein zartes, junges Leben trage.«

»Abducken, Maxi!«

Doro blickte sich verstohlen um. Kaum ein Schüler war noch auf den Fluren zu sehen. Bloß Sascha, die mürrisch und in Zeitlupe zu ihrem Unterricht schlurfte.

»Warte mal! Sascha! Halt!«, versuchte Doro das große, pummelige Mädchen aufzuhalten. Stur lief der Chemiefreak in den weiten, schwarzen Klamotten weiter, aber Doro griff in den Ärmel ihres ausgeblichenen XXL-Sweaters hinein.

»Geht's noch?!«

»Nur ganz kurz. Bitte. Kannst du Ursuppe kochen? Schaffst du das? Es ist ganz wichtig!«

»Schieb dich weg, Zwerg!« Mit einer kreisenden Armbewegung machte sich der Muffelkopf frei, ohne sie eines weiteren Blickes zu würdigen. Betrübt starrte Doro der schwarzen Gestalt hinterher. Aus den Augenwinkeln bemerkte sie dabei, wie sich der Prinzenkopf nach oben schraubte.

Wo hatte der sich verdammt noch mal wieder raufgestellt?

»Doro, so vergiss unser Dilemma eine Weile«, raunte er. »Geh du in deine Unterrichtung. Ich gehe in mich.«

»Geh lieber in dein Versteck.«

Doro nahm den Rucksack von der Schulter. Na klar. Der Prinz stand auf einem Knäuel, das er aus seiner Jacke geformt hatte. Sie wollte es gerade entfernen, als sie mit ihrem Daumen etwas unangenehm Vertrautes berührte: Maximilians rechte Hand war hart wie ein Stück Holz. Sie hatte es befürchtet. Der Ursuppenrest hatte nicht gereicht.

»Wieder was ausgelaufen?«

Herr Tiemann trat freundlich und weiß wie Papier hinter sie. In den Händen hielt er einen Jumbo-Kaffeebecher.

»Ja …«, erwiderte Doro, während sie den Kopf des Prinzen sanft hinunterdrückte.

»Mach's in der Klasse sauber. Wir sind beide spät dran.«

Er trank in einem Zug seinen Becher leer und sah seine Schülerin auffordernd an.

Doro zögerte.

»Na los. Auf geht's!«

Es schellte zum letzten Mal. Ihr Klassenlehrer eilte die Treppen hoch, drehte sich aber nach ein paar Schritten prüfend zu ihr um. Doro schüttelte verzweifelt den Kopf. Sie konnte doch nicht Wortarten unterstreichen, an Brüchen herumknobeln oder Subtropen suchen, während ihr Prinz leblos wie ein Holzlineal wurde!

Herr Tiemann stieg die Treppen wieder herunter.

»Komm jetzt mit hoch, Doro«, befahl er.

»Ich kann nicht.«

»Was soll das denn heißen?«

Doro floh, noch während er mit ihr redete, zum Ausgang und weiter über den Schulhof. Herr Tiemann folgte ihr. Bereits am Fahrradständer hatte er sie eingeholt.

»Ich glaub, ich spinne! Du kommst jetzt mit mir in die Klasse!« Er wollte nach ihr greifen, überlegte es sich dann aber anders. Anfassen durften Lehrer ja nicht.

»Heute geht es wirklich nicht«, nuschelte Doro beschämt, während sie Elwoods Fahrradschloss öffnete.

»Und dein Versprechen?«

»Morgen wieder, Herr Tiemann. Tut mir echt leid!«

»Es reicht! Es reicht!!!«, schrie ihr Klassenlehrer.

Doro fuhr trotzdem los.

»Ich ruf deine Eltern an«, brüllte Herr Tiemann ihr hinterher. So hatte sie ihn noch nie brüllen hören. »Sofort! Und ich informiere die Schulleitung. DAS WAR'S, DORO SCHIPPERS!«

Ein Versprechen hatte sie schon gebrochen, dachte Doro unglücklich, während sie im Höchsttempo davonradelte. Aus Gewohnheit fuhr sie nach Hause. Sie wusste nicht, wohin sie sonst radeln sollte. So viele Menschen, so viele Gedanken flitzten durch ihren Kopf. Alex, Yade, ihre Mutter, Herr Tiemann.

Ihr anderes Versprechen.

Sie bemerkte das Loch in der Straße erst, als sie schon von Elwood segelte und in der Böschung am Straßenrand landete. Der Rucksack mit dem Prinzen drin hing zum Glück noch über ihrer Schulter. Doro öffnete die Seitentasche, um sich zu vergewissern, dass Maximilian auch wirklich nichts geschehen war.

Der Prinz blinzelte ihr verschreckt entgegen, als habe sie ihn bei irgendetwas erwischt. Zwischen seinem Daumen und Zeigefinger, die er dicht an seinem Kopf hielt, glitzerte etwas. Ein goldenes Haar. Das Prinzenhaar, mit dem Doro ihn hergeholt hatte!

»Es ist noch da?«

»Ich habe es gerade erst in meinem Haupthaar erfühlt, als ich ertastete, ob mein Kopf blutet. Der Aufprall war durchaus unsanft. Geht es dir gut, liebste Doro?«

»Bestens. Und dir?«, fragte Doro zurück, während sie noch immer das goldene Haar zwischen seinen Fingern bestaunte.

»Bestens. Glaubst du, ich kann mit dem güldenen Haar zurückkehren in meine Zeit?«

»Willst du das denn?«, fragte Doro bang.

Der Prinz schüttelte entschieden den Kopf und glättete mit den Händen seine zerstrubbelten Haare.

»Nein. Mein Vater ist ein harter Mann. Wie sein Vater vor ihm. Und dasselbe wird auch von mir erwartet, wenn ich erst zum König gekrönt bin: Unerbittlich sein. Kriege führen. Herrschen. Eure Welt ist so friedlich. So fortschrittlich. Kinder werden mit Respekt behandelt!«

»Dann bleib! Wir finden schon eine Lösung!«

Der Prinz nickte. Doro warf sich ihren Rucksack über und lief zu Elwood. Der Reifen war geplatzt. Das Loch in der Straße musste eine scharfe Kante gehabt haben.

»Dann lauf ich eben«, erklärte Doro. »Versteck dich, ja?«

Maximilian gehorchte. Mit ihrem schweren Einrad im Schlepptau marschierte Doro die Straße entlang. Kurz bevor ihr die Arme abfielen, erreichte sie ihr Haus. Sie hoffte, dass wie durch ein Wunder niemand daheim sein würde.

Es war niemand zu Hause, allerdings nicht durch ein Wunder, sondern durch einen Anruf der Schuldirektorin.

›Sind in der Schule bei Frau Peetz, melde dich bitte SOFORT! Mama & Papa‹, las sie den Zettel, der auf dem Telefontisch lag, laut vor. Die Zwillinge waren sicher noch in der Schule, auf jeden Fall meldete sich niemand, als sie »Hallo? Seid ihr da?« durchs Schippers-Haus brüllte.

»Dein Leben ist vollends verwickelt«, erklärte der Prinz traurig, als sie ihn in ihrem Zimmer auf den Boden setzte. »Besser, ich schlage mich nunmehr allein durch.«

Mit abgewandtem Rücken ließ er sich auf einer Packung Taschentücher nieder.

»Mein Leben ist vollends schön, seit du da bist.« Doro drehte die Packung einfach zu sich herum. »Außerdem, wo willst du mit deinen acht Zentimetern denn hin, Maxi? Ins nächste Mauseloch?«

Der Prinz schwieg ratlos.

Unbeirrt packte Doro alles zusammen: ein paar Unterhosen, eine Flasche Wasser, Kaugummis, ein paar verstaubte Müsliriegel. Sie fingerte nach dem Portemonnaie in ihrem Schulrucksack. Geld brauchte Doro, wenn sie mit dem Prinzen abhauen wollte. Und abhauen musste sie.

Sie hatte keine andere Wahl.

Ihr Handy klingelte. Hektisch fischte sie es aus ihrer Parkatasche. ›Papa‹ stand im Display. Gereizt ließ sie das Ding fallen. Der Prinz stieg neugierig darauf.

»Halt! Stehen bleiben!«, rief Doro noch.

Zu spät.

Maximilian war auf den Annahmeknopf gelatscht, schien etwas zu hören und fläzte sich mit einem Ohr auf den Lautsprecher.

»Er erbittet Antwort, ob du dran seiest«, gab er eifrig flüsternd ihren Vater wieder. Doro packte den Prinzen mit Daumen und Zeigefinger unter den Achseln, setzte ihn auf dem Boden ab und drückte ihren Vater weg. Sie leerte ihre Spardose und ließ Münzen im Wert von 40 Euro und 18 Cent in ihr Portemonnaie klimpern. Etwas Zahnbürstenschweres kletterte auf ihren Sneaker.

Maximilian.

»Ich bitte dich erneut, verehrte Freundin«, begann er hoheitsvoll. »Lass mich ziehen.«

Doro setzte ihn auf das Paket Taschentücher zurück.

»Nicht nötig. Ich hab einen Plan.«

»Ja. Du willst deine ehrwürdige Mutter bestehlen!«

Ohne zu antworten, stopfte Doro ihr Portemonnaie in die Reisetasche und lief zum Schrank. Sie hievte das schwere, hölzerne Puppenhaus herunter, um auch Maximilians Bett, Kissen und Decke einzupacken. Zackig zog sie den Reißverschluss ihrer Tasche zu.

Jetzt musste sie nur noch in den Keller. Na ja, nur noch war gut, dachte Doro. Ihr wurde ganz übel bei dem Gedanken.

Sie blickte auf die Taschentuchpackung.

Maximilian saß nicht mehr darauf.

Mit den Augen durchsuchte Doro ihr chaotisches und unaufgeräumtes Zimmer.

»Maxi? Wo bist du?«

Seine acht Zentimeter waren nirgends zu entdecken.

»Meine Eltern kommen gleich zurück! Maaaxi!«

Doro erspürte die Bewegung am Fenster mehr, als dass sie etwas sah. Der Prinz hatte sich durch das gekippte Fenster nach draußen gequetscht und tappte mit seinen Stiefelchen nervös auf dem Fenstersims herum. Das Zimmer lag im ersten Stock, also wolkenkratzerhoch für einen Miniprinzen.

Blitzschnell schloss Doro das gekippte Fenster, um es anschließend ganz zu öffnen. Der Prinz hatte sich mit einer von Yades Stricklieselwürsten, die er um seine Hüfte geknotet hatte, an einem Blumenkasten festgemacht.

»Ich weiß, was du vorhast: Doch ich werde es nicht zulassen, dass du die Ursuppe deiner Mutter stiehlst. Niemals!«

Er stürzte sich auf die Löwenzahnstummel des Schippers-Gartens herab. Glücklicherweise bekam Doro das Seil noch rechtzeitig zu fassen und zog ihn wieder hoch.

»Für Bungee-Jumping haben wir jetzt überhaupt keine Zeit.«

Mit dem Prinzen am Seil und der Reisetasche in ihrer Armbeuge stieg Doro die Treppe zum Keller hinab.

»Tu es nicht. Ich flehe dich an!«, protestierte Maximilian strampelnd. »Ich werde mich allein durchschlagen! Zur Not als Mäuserich in einem finsteren Mäuseloch!«

Doro schloss ihre Hand um den Prinzen wie um ein viel zu aufgeregtes, viel zu fluchtbereites Tierchen.

»Mal eine Frage, Mäuserich.« Sie blickte prüfend in seine untröstlichen Karamellaugen. »Würdest du gern zusehen, wie ich mich in einen vertrockneten Keks verwandele?«

»Es bräche mir das Herz entzwei!«

»Dann halt deine königliche Klappe und lass mich machen.«

»Ich bin kein König.«

»Dann eben Prinzenklappe.«

Maximilian rührte sich vorerst nicht mehr, auch weil Doro ihm die Beine mit der Stricklieselwurst fesselte und ihn in die Brusttasche ihres Parkas steckte.

Als sie den Keller betrat, sackte ihr der Mut tief in ihre Sneaker. Mit bloßen Augen konnte sie die Veränderung in der Ursuppe sehen. Kleine, helle Stippen hatten sich in der jetzt noch dickeren Flüssigkeit gebildet.

Das Auffangbecken war randvoll.

Wenn sie alles nähme, überlegte Doro mit engem Herzen, würde das Lebenselixier lange für Maximilian reichen.

»Nein!«, rief der Prinz. »Es gibt immer noch die Möglichkeit der offenen Rede! Erkläre dich ihr!«

»Und wenn sie dich einsackt? Rumzeigt? Weil du für sie nur ein gelungenes Experiment bist? Die ist Wissenschaftlerin, Maxi. Das ist das Allerwichtigste für sie!«

»Es ist mir gleich!«

»Mir aber nicht!«

Und so brach Doro, nachdem sie vor Schulschluss vom Unterricht abgehauen war, auch ihr zweites Versprechen.

Sie stahl die perfekte Ursuppe ihrer Mutter.

Sie benutzte dafür zwei 0,75-Liter-Plastikflaschen, in denen vorher Sprudelwasser Medium gewesen war. Die Flaschenhälse musste sie biegen, um sie unter den Hahn des Magischen Quadrates halten zu können.

»Welch eine Zeit! Biegsames Glas!«, murmelte Maximilian fasziniert aus seinem Taschengefängnis heraus.

Mit den randvollen Flaschen in der Reisetasche, dem Prinzen im Parka und einem schlechten Gewissen im Herzen verließ Doro den Keller und ihr Zuhause.

Doro entführt sich

Zum Reiterhof fuhr sie auf Erwins kleinem Fahrrad mit den kaugummigrauen Reifen. Die Birnchen hatten bis tief in die Nacht gearbeitet, dachte Doro beeindruckt, während sie auf den krummen Reifen über die Straße holperte. Nach zehn Minuten erreichte sie mit schmerzendem Hintern die Einfahrt zum Reiterhof. Sie parkte Erwins Drahtesel hinter dem ziegelroten Hauptgebäude. Die Reisetasche nahm sie mit. Nie wieder würde sie das Lebenselixier aus den Augen lassen.

Der Prinz kämpfte sich aus der Parkatasche und sah sich verwundert um.

»Ein Gehöft? Was bezwecken wir hier?«

»Wir warten auf Yade. Sie hat was von einer Weide

erzählt, zu der sie Tasso bringen möchte. Vielleicht können wir da auch hin. Fürs Erste.«

Der Prinz musterte sie kritisch. Er wollte wohl wieder protestieren, überlegte es sich dann aber anders und atmete genussvoll ein. »Sehr tröstlich, dieses Odeur nach edlen Rossen. Wo ist denn dieser Tasso?«

»Dahinten, im Stall.«

Sie erreichten Tassos Box, aber der Wallach stand nicht darin. Der Prinz reckte seinen knopfgroßen Kopf hin und her, um in andere Verschläge zu linsen.

»Kraftvolle Vorderhand, dieser Friese hier! Oh, und dort … Welch großlinige Stute!«

»Abducken, Maxi, ja? Wir gehen in die Reithalle.«

Der Prinz verschwand wieder in der Brusttasche ihres Parkas.

In der Halle voltigierte eine Gruppe aufgedrehter Grundschulkinder auf einem schläfrigen Haflinger.

Hier trabte Yades Pflegepferd auch nicht herum.

Doro versuchte es auf dem draußen gelegenen, lehmigen Reitplatz. Schon von Weitem hörte sie die Schnappstimme von Herrn Boxhagen, der wie immer hastig losmotzte, um dann abrupt eine komplett sinnlose Pause einzulegen.

»Wollen mal sehen, wer hier … der Boss … ist!«

Er hielt die Zügel so straff, dass es Tasso im Maul

furchtbar wehtun musste. Der Wallach versuchte, seinen Kopf zu recken, kam gegen die harte Hand seines unfähigen, verbissenen Reiters aber nicht an.

»Runter! Du bist ein verdammtes Dressur ... pferd.«

Das war Tasso nicht, im Gegenteil. Er liebte es, im Wald herumzugaloppieren und über Baumstämme zu springen, am liebsten ohne Sattel und mit Yade auf dem Rücken.

Maximilian reckte sich aus der Parkatasche und verfolgte Boxhagens Reitversuche, als würde er selbst gequält werden.

»Ah! Oh! Ein Barbar, dieser Mensch! Wie er das Maul der armen Kreatur peinigt! Ein Pferdemaul muss weich sein, immer weich. Das ist das A und O der Reitkunst!«

Tasso gelang es endlich, den Kopf nach oben zu reißen. Dort ließ er ihn auch, die Ohren panisch angelegt. Schaum bildete sich um seine fest zusammengepressten Lippen.

»Na warte du ... Vieh! Wir werden ja sehen, wer hier der Boss ... ist!« Boxhagen holte mit seinen hochglanzpolierten Reitstiefeln aus und stieß dem Wallach seine blitzenden Sporen in die Flanken. Gleichzeitig riss er unablässig an den Zügeln.

»Antreiben und anhalten! Was um Himmels willen soll das erbarmungswürdige Ross aus diesen gegensätzlichen Informationen schließen?!« Der Prinz grölte los wie Fans nach einem Fußballfoul: »Sie gehören auf ein Kutschpferd! Was sage ich, auf ein Nilpferd!«

»Maxi! Pscht …«

Doch Boxhagen hatte etwas gehört, genau wie Tasso. Der Wallach galoppierte mit gerecktem Hals auf Doro zu und schien unendlich erleichtert, sie jetzt und hier zu sehen. Sein Reiter riss rabiat die Zügel herum. Tassos Maulwinkel färbten sich blutrot.

Das Pferd bäumte sich schrill wiehernd auf und warf sich hin und her, um Boxhagen abzuwerfen. Der verlor erst die Zügel, dann rutschte er aus dem Sattel. Mit seinem reiterhosenweißen Hintern, der spitz unter seinem Rücken hervorstach, landete er auf dem Lehmboden.

»Hervorragend«, murmelte der Prinz anerkennend, während der Wallach auf sie zuschoss, als wäre ein Rudel ausgehungerter Wölfe hinter ihm her. Maximilian streckte beruhigend eine winzige Hand nach ihm aus. Tasso schnaubte sie sanft an.

»Versteck dich, Maxi, schnell!«

Der Prinz zog sich in die Tasche zurück, während der Boxhagen sich aufrappelte und über den weichen Lehmboden auf sie zustapfte.

»Machst mir das Pferd … verrückt, ja?!«

Maximilian trat von innen gegen die Parkatasche, als stünde Tassos Besitzer direkt vor ihm. Doro hielt sich die Hand auf die Brust, so wie das schlechte Schauspieler machen, wenn sie geschockt sind oder zumindest so tun.

»Ich? Aber nein! Sie …«

Vielleicht sollte sie ihm etwas Nettes sagen, wegen der Gesprächsatmosphäre und so. Aber was? Er hatte neue Reitklamotten. Tatsächlich war es das einzig Gute an diesem Kotzbrocken mit Spitzarsch.

»Sie haben ein sehr schönes Outfit. So stilvoll. Neu?«

Misstrauisch starrte ihr der schweißgebadete Mann mit dem blassrosa Gesicht, das Doro an zu feuchten Kuchenteig erinnerte, in die Augen. Er hätte vor zweihundert Jahren geboren werden sollen, da trugen alle schwarze Stiefel und weiße Strumpfhosen, ganz ohne reiten zu müssen.

Tasso schnupperte an ihrer Brusttasche herum.

»Leckerlis, ja? Dass ihr den … immer vollstopfen müsst!«

Doro wollte das Teiggesicht vor ihr am liebsten durchkneten und anschließend an die Wand klatschen, zog stattdessen aber die Mundwinkel hoch, um halbwegs freundlich auszusehen.

»Wenn Sie möchten, reite ich ihn trocken, Herr Boxhagen.«

»Oh nein! Ich bin noch nicht … fertig … mit dem.« Er schnappte nach Worten und Zügeln gleichzeitig.

Tasso zuckte bei jeder Bewegung seines Besitzers angstvoll zurück. Unbemerkt von Boxhagen legte Doro dem Pferd eine Hand auf den Hals. Sie stellte sich vor, sie lasse Ruhe hindurch und in ihn hineinströmen. Sie wurde selbst ganz gelassen dabei. »Es ist bloß … Ihre Hose ist hinten ganz braun.«

Es war nur ein kleiner brauner Klecks, aber Doro wusste, dass Herrn Boxhagen seine Reitklamotten über alles gingen.

Das Teiggesicht musterte sein eigenes Pferd noch einmal abschätzig, bevor er Doro die Zügel in die Hand drückte.

»Sei vorsichtig. Er ist … ein hinterhältiges Aas. Und dann absatteln, trocken … reiben und in den … Stall bringen.«

»Das mache ich gern, Herr Boxhagen. Ihnen einen guten Tag.« Doro wurde vor lauter Schleimerei flau im Magen.

»Bist mir sympathischer als die … kleine Türkin. Denkt, sie versteht von … Pferden mehr als ich!«

Er lachte schnappend auf. Doro lachte mit.

Der Typ war lächerlich.

»Fahren Sie ruhig nach Hause, Herr Boxhagen. Ich habe alles im Griff. Einen schönen Tag für Sie!«

Tassos Besitzer glotzte irritiert. War sie zu schleimig gewesen?

»Du bist ab jetzt … Pferdepflegerin. Sag das deiner … Freundin. Bis morgen.«

Er stapfte davon.

Auf dem Weg zu seinem Auto sah Doro, wie Yade den Weg von Spitzarsch kreuzte. Schnappig redete er auf sie ein, wobei er einmal mit dem Arm zu Doro herüberfuchtelte.

Dann ließ der Boxhagen Yade einfach stehen. Reglos stand sie da, wie eine Schaufensterpuppe im Rosenkleid, bis sie sich auf ihren roten Stiefeletten umdrehte, zu ihrem Rad lief und davonfuhr.

Doro musste retten, was es von ihrer Freundschaft

zu retten gab, also hoffentlich alles und das schnell. Zackig schnallte sie sich die Reisetasche auf den Rücken.

»Ich weiß, du bist kaputt.« Doro drückte das Gatter mit ihrem Rücken auf und führte Tasso an der Trense vorsichtig heraus. »Aber wir müssen Yade einholen.«

Der Wallach schnaubte leise, sodass sie es wagte, sich auf seinen Sattel zu ziehen. Sanft und gleichmäßig trabte das kräftige, braune Pferd los.

Sie erreichten Yade erst dort, wo der Wald begann. Ihre Freundin nahm meistens den einsamen Pfad durch die Bäume, um auf ihrem schicken, weißen Damenrad nach Hause zu radeln. Als sie hinter sich sah und Doro auf Tasso entdeckte, trat sie in die Pedale und schoss über den unebenen Weg, als säße sie auf einem Mountainbike. So halsbrecherisch hatte Doro ihre Freundin noch nie radeln sehen. Sie musste wirklich stinksauer sein.

»Warte doch! Yade!!!«

Tassos Schritte wurden größer, als könne er es nicht erwarten, endlich bei seinem wahren Boss zu sein. Doro hopste im Sattel unkontrolliert auf und ab. Sie versuchte, leicht zu traben, also mit dem Hintern hoch und runter zu gehen, verpasste aber immer den richtigen Augenblick.

»Im Fluss mit den Bewegungen des Tieres. Auf, ab, auf, ab, auf, ab«, kommandierte der Prinz, der wieder herausguckte und sich mit seinen Händen an der Parkatasche festhielt. Doro versuchte seinen Anweisungen zu folgen, hing aber schon bald zu weit über Tassos linker Schulter und kam mit ihrem Hinterteil überhaupt nicht mehr hoch. Endlich überholte der Wallach ihre Freundin und blieb abrupt stehen. Doro flog aus dem Sattel, Yade von ihrem schicken Drahtesel. Doro versicherte sich, dass Maximilian noch in ihrer Parkatasche war, und drückte sanft auch seinen Kopf hinein. Dann schielte sie unsicher unter dem Pferdebauch hindurch zu dem am Boden liegenden Rosentraum hinüber.

»Gut gelandet?«

»Nein.« Yades sonst so samtweiche Stimme war kalt wie ein Freibad zu Weihnachten. Tasso war das egal. Er senkte seinen Hals, um sich an ihrer Schulter zu reiben. Sofort schlang seine Pflegerin die Arme um ihn.

»Jetzt nimmst du mir auch noch Tasso weg«, schluchzte sie unter dem Pferdehals hervor. »Was hab ich dir bloß getan?!«

Doro kapierte: Eine Freundin, die Geheimnisse hat, sich nie meldet und ihr auch noch das Pflegepferd wegnimmt – das war sie für Yade. Keine Freundin mehr, eher eine Feindin!

Sie musste ihr endlich alles sagen.

Sie durfte bloß nicht.

Etwas kitzelte an ihrer Brust: Maximilian stemmte sich mit dem Oberkörper aus der Parkatasche. Bei Yades Anblick begannen seine leinsamengroßen Augenlider zu flattern.

»Ich allein trage die Verantwortung! Für alles!«

»Maxi, nein …«

»Das ist doch«, stammelte Yade, »die Puppe aus dem Museum!«

»Viel mehr Prinz als Puppe, um nicht zu sagen: bestes Adelsgeschlecht. Aber lasset mich erklären.« Maximilian reckte wichtig seinen Hals, wahrscheinlich, um drei Millimeter größer zu wirken. »Verehrte Yade, beste Freundin meiner furchtlosen Retterin …«

»Das soll ich sein«, unterbrach ihn Doro, aber der Prinz brachte sie mit strengem Blick zum Schweigen.

»Ich bin durch einen merkwürdigen Zufall oder soll ich sagen genialischen Streich der Wissenschaft mit einer Prise Zufall in dieser, eurer Zeit gelandet. Quasi in die Zukunft katapultiert, mithilfe modernster Chemie. Wenn auch …«, er zuckte beschämt seine winzigen Achseln, »… nicht unbeträchtlich dezimiert.«

Yade nickte, süß, aber auch ziemlich verdattert, wie Doro fand. Maximilian quasselte atemlos weiter.

»Es ist unglaublich, geradezu ungeheuerlich. Eine Sensation, die allerlei Aufruhr erzeugen könnte. Zu meinem Schutze hielt mich meine treue Gefährtin geheim.«

Yade sah fragend zu Doro herüber. Sie hoffte wohl auf eine Erklärung, die auch im 21. Jahrhundert zu verstehen war.

»Maxi ist in der Ursuppe meiner Mutter entstanden«, versuchte Doro die Situation zu erklären. »Aber wenn sie das mitkriegt, ist es aus mit ihm.«

»Dann wird er erforscht«, verstand Yade.

»Eine höchst einfallsreiche Antwort«, ereiferte sich der Prinz. »Intelligenz, gepaart mit Schönheit! Doro, ich begreife mehr denn je, dass du sie nicht ziehen lassen kannst!« Yade sah gerührt von Maximilian zu ihr herüber. Ihre Augen hatten sich wieder in ihr normales, beruhigend tiefes Kastanienbraun zurückverwandelt.

»Ich hätte es dir trotzdem sagen sollen!«, redete Doro wie um ihr Leben. »Du bist doch meine beste Freundin! Und Tasso … den soll ich bloß pflegen, weil ich so geschleimt habe. Aber bloß, damit der Boxhagen ihn endlich in Ruhe lässt! DU bist seine Pflegerin. Keine andere.«

»Keine andere!«, kiekste der Prinz.

»Ehrlich?«, fragte Yade erleichtert.

»Ehrlich. Wir müssen Tasso entführen. Und Maxi und mich gleich mit, aber das erzähle ich dir unterwegs.«

Sie bemerkte, wie der Prinz ihre Freundin verzückt anstarrte. Verzückt starrte Yade zurück. Doro fühlte sich, als hätte sie sich in einen der umstehenden Bäume verwandelt.

»Wir sollten dann mal, oder?«, drängte sie.

»Ja …«, hauchten ihre Freunde. Der Prinz hielt Yade seine erbsengroße Hand hin, als wollte er ihr aufs Pferd helfen.

»Du überschätzt dich, Mäuserich«, grinste Doro. Yade erklomm geübt ihr Pferd und zog sie hinter sich auf den Rücken des Wallachs. Glücklich schlang Doro die Arme um ihre Freundin. Der Prinz schnupperte aus der Brusttasche heraus an Yades weichem Haar.

»Zu deiner geheimen Weide«, erklärte Doro entschlossen.

Sie spürte, wie sich der Körper vor ihr zur Seite neigte und den Wallach behutsam durch den gelb-roten Laubwald lenkte.

Das Haus stand inmitten sanft auf und ab fallender Hügel aus noch grünem, saftigem Gras. Es war ein altes Steingebäude mit einer eichenbraunen Holztür und zwei kleinen, quadratischen Fenstern an der Vorderseite.

Vermutlich gab es nur einen einzigen Raum darin.

»Ein steinalter Mann hat hier gelebt, mit ein paar

Hühnern und einem Gemüsebeet. Seit ein paar Monaten ist er im Altersheim. Seine Tochter kommt nie her.«

»Woher weißt du von dem Haus?«, fragte Doro, während sie Tasso auf eine niedrig umzäunte Weide führten, auf der sicher früher die Hühner gehalten worden waren.

»Sie hat meiner Mutter davon erzählt. Ich hab's gehört, weil die Tür zum Behandlungsraum nicht ganz zu war. Die Frau kriegt Kügelchen gegen Gras- und Wiesenallergie.«

Die Mädchen zwinkerten sich verschwörerisch zu.

»Was sind denn Kügelchen?«, wollte der Prinz wissen.

»So Medizin«, erklärte Yade, »aber ohne Medizin drin.«

»Ah, ähnlich wie eure Kakteenanbetung«, vermutete der Prinz. »In meiner Zeit undenkbar. Zu unwissenschaftlich!«

Die Mädchen kicherten und befreiten Tasso von Zaumzeug und Sattel. Das braune Pferd schüttelte sich wohlig und trank aus einem Napf, den Yade vor Schulbeginn bereits gefüllt hatte. In dem Rosenkleid steckte eine abgebrühte Pferderetterin, dachte Doro anerkennend.

Im Haus bröckelte Putz von der Wand, ein Fenster

hatte einen Sprung, das Licht funktionierte auch nicht. Aber alles roch nach Lavendel und war blitzsauber: Yade hatte die ganze Bude gewienert. Sogar ein Häkeldeckchen mit einer Blumenvase voller bunter Gerberas stand auf dem Tisch.

»Wolltest du hier einziehen?«, wunderte sich Doro.

»Ich wollte hier die Nachmittage mit Tasso verbringen! Wünscht jemand Tee?«, bot Yade dann so geziert an, als stamme auch sie aus bestem Adelsgeschlecht.

»Herzlich gern!«, zirpte Maximilian. »Es scheint mir ohnehin Teestunde zu sein, was die eine oder andere deiner Zeitgenossinnen gern einmal vergisst.«

Er grinste aus der Parkatasche zu Doro hinauf.

»Untröstlich und so«, grinste sie zurück. »Willst du eigentlich mal da raus, Maxi?«

»Ich bitte darum.«

»Aber du haust nicht ab!« Doro nahm den Prinzen aus der Tasche und setzte ihn auf dem Tisch ab.

»Von dannen gehen? Ich?! Warum sollte ich!« Geziert lachte er Yade an, die vornehm mitlachte.

Doro stöhnte. Die beiden hatte es voll erwischt. Komischerweise spürte sie keine Eifersucht, sondern dachte an Alex' warme Hände.

»Warum bist du plötzlich so rot im Gesicht? Hast du was?«, erkundigte sich Yade besorgt. Doch bevor Doro mal wieder keine Antwort einfallen konnte, schwebte ihre Freundin schon zur Küchenzeile, goss starken türkischen Tee auf und stellte Zuckerstücke auf den Tisch. Anmutig schenkte sie die dampfende Flüssigkeit anschließend in kunstvoll verzierte Gläschen ein. Maximilian, der nur knapp darübergucken konnte, nippte am Glasrand.

»Zucker, Hoheit?«, säuselte Yade.

»Ein paar Krümelchen, wenn es keine Umstände macht.«

»Natürlich nicht!«

Yade ließ ein Stück Zucker hineinplumpsen, sodass Maximilian vor ein paar Tropfen ausweichen musste.

»Entschuldigt!«, kicherte sie.

»Aber nicht doch«, kicherte der Prinz.

Fehlten nur noch die Geigen, dachte Doro. Allerdings musste sie zugeben, dass der Prinz recht hatte: So eine Teestunde, und das noch auf der Flucht, war genial! Mit dem warmen Glas in der Hand lehnte sich Doro auf ihrem Holzstuhl zurück. Sie spürte, wie der Stress der letzten Stunden zuerst aus ihren Schultern und dann aus ihrem ganzen Körper wich.

»Hier lässt sich's aushalten, was, Maxi?«, fragte Doro.

»Ganz meine Meinung«, antwortete der Prinz mit vollem Mund.

Doch Yade unterbrach besorgt ihr Schlürfen.

»Du willst wirklich nicht mehr nach Hause?«

»Meine Mutter bringt mich um.«

»Tut sie nicht.«

»Aber so ähnlich.«

»Quatsch. Jetzt erzähl mal von Anfang an, Mausi.«

Doro legte los: Von dem Prinzenhaar aus dem Museum. Von dem Blitz und den kleinen Augen im Reagenzglas. Wie ihre Mutter ihr verboten hatte, die Ursuppe anzurühren.

Aber irgendwann hörte Yade ihr nicht mehr zu.

»Seine Arme ...«, flüsterte sie. Doro folgte ihrem Blick:

Maximilian versuchte gerade, das Teeglas am Rand zu sich herunterzukippen. Aber sein rechter Arm war mittlerweile so steif und nutzlos wie der einer Holzpuppe.

»Hab ich total vergessen! Du brauchst ja Lebenselixier!«

Doro nahm eine der beiden Flaschen aus ihrer Reisetasche, füllte etwas Ursuppe in ein Glas und ließ den steifen Prinzen hineingleiten. Fasziniert betrachtete Yade, wie der Prinz seine frische Hautfarbe zurückbekam und die Arme wieder weich und beweglich wurden. Doch dieses Mal hatte sein Körper die Ursuppe ungewöhnlich schnell aufgesogen.

Doro musste nachschenken.

Nach einer Minute tauchte Maximilian gestärkt an der Oberfläche auf und blinzelte Yade beschämt an.

»Selbstverständlich bade ich sonst nicht vor Damen. Aber die Umstände«, prustete er, während Doro dem wie immer wundersam trockenen Prinzen unauffällig aus dem Glas half.

Sie setzte ihn auf dem Tisch ab.

Der Prinz wackelte irritiert mit den Schultern, zog seine Ärmel mehrmals herunter und die Strumpfhose wieder und wieder hoch. Die Klamotten blieben, wie sie waren: zu klein.

»Du bist ... gewachsen«, stellte Doro verwirrt fest.

»Augenscheinlich«, hauchte der Prinz.

Wo ist der Prinz?

Yade und Doro checkten mit einem Maßband, das sie in einem alten Nähkasten in der Hütte fanden, die neue Lage: Der Prinz war jetzt neun Zentimeter groß, also einen ganzen Zentimeter in die Höhe geschossen. Die Reiterstiefel hatte Doro ihm mit Kraft von den Füßen ziehen müssen, so eng waren sie mittlerweile. Weil die weiße Strumpfhose Maximilian ständig vom königlichen Hintern rutschte, schnitt Yade einfach die Fußenden ab. Die Ärmel seines Hemdes krempelte sie auf. Erstaunt blickte der Prinz an sich herunter.

»Ich sehe aus wie ein Bauernjunge!«, lachte er.

»Echt cool«, fand Doro.

»Ich schneidere Euch was schickes Neues«, zirpte Yade und stand auf. Die drei hatten beschlossen, dass sie pünktlich zu ihrer Lieblingsserie »Die Ballerina und der Schimmel« zu Hause sein sollte. Um keinen Verdacht zu erregen.

»Ihr kommt morgen doch wieder, Holde?«, surrte Maximilian.

»Selbstverständlich, Hoheit. Mein Smartphone lasse ich euch da. Wenn ich kann, rufe ich später noch mal an!«

Sie winkte dem Prinzen zum Abschied elegant zu, bevor sie draußen ihr weißes Damenrad wie einen Schimmel bestieg und mit ihren roten Stiefeletten in die Pedale trat. Im Türrahmen winkte Maximilian ihr verträumt nach.

»Tschüss, Yade«, rief Doro. »Und danke für alles!«

Nachdem das leuchtende Rosenkleid im Wald verschwunden war, fielen dem Prinzen und Doro vor Erschöpfung die Augen zu, und das, obwohl es draußen erst dämmerte. Maximilian schaffte es mit letzter Kraft in sein Puppenbett, das jetzt ein paar Millimeter zu kurz für ihn war. Ihn schien das nicht zu kratzen: Nach wenigen Minuten war er eingenickt und schnarchte leise wie ein Tierchen.

Unter ihrer karierten Bettdecke dachte Doro an Erwin. Sie vermisste das Birnchen. Und die anderen Schippers auch. Wer sammelte jetzt Papas Tassen ein und schüttete sie aus? Wer knuddelte Erwin? Wer stänkerte mit Albert herum? Sie vermisste ihre Familie so heftig, dass sie trotz betonschwerer Müdigkeit nicht einschlafen konnte. Ob ihre Mutter schon bemerkt hatte, dass sie ihre Ursuppe geklaut hatte? Klar hatte sie.

Wenn Doro an das leere Auffangbecken im Keller dachte, war sie dann doch heilfroh, hier zu sein.

Gegen elf, sie war blöderweise noch immer nicht eingeschlummert, leierte Yades Smartphone rhythmisch los.

»Endlich«, flüsterte Doro, tastete im Dunkeln nach dem Gerät und drückte auf den Annahmeknopf.

»Ich konnte leider nicht früher anrufen, Schatzi«, legte Yade am anderen Ende aufgeregt los. »Meine Mutter war so lange wach! Die sind alle aus dem Häuschen, vor allem bei euch zu Hause … Bloß dein Vater ist wie immer!«

»Echt?«, raunte Doro erstaunt.

»Er meinte«, ihre Freundin gluckste, »Doro ist die einzige Schippers, die draußen überleben kann.«

»Hat er recht. Und die Birnchen?«

»Erwin trägt einen Pulli von dir, der Süße. Albert arbeitet an einem Suchplan. Die Polizei legt noch nicht richtig los. Die glaubt, du bist bloß ausgebüxt. Und morgen wieder da.«

»Woher weißt du das alles?«

»Ich bin zu dir nach Hause gefahren und habe die besorgte Freundin gespielt!«, antwortete ihre Freundin stolz. »Damit keiner glaubt, ich stecke in der Sache mit drin. Erwins Fahrrad habe ich zurückgebracht. Keiner hat was gemerkt.«

Wer hätte das gedacht?, überlegte Doro beeindruckt. Yade war nicht nur eine abgebrühte Pferderetterin, sondern auch noch eine saucoole Komplizin für alle Fälle.

Die Samtstimme am Telefon quasselte im Höchsttempo weiter.

»Ich find trotzdem, dass du nach Hause solltest. Deine Mutter ... Mist, ich glaube, ich hör was auf dem Flur. Mein Papa. Ich komm dann morgen nach der Schule ... Tschüss!«

»Was ist mit meiner Mutter?«, wollte Doro noch wissen.

Aber Yade hatte sie bereits weggedrückt.

Doro schloss die Augen und öffnete sie wieder. Es machte keinen Unterschied. Um sie herum herrschte mittlerweile gruselschwarze Nacht. Ein kalter Wind pfiff wie ein fieses Gespenst durch das kaputte Fenster. Ab und zu flatterte etwas ums Haus herum. Eine Fledermaus wahrscheinlich. Doro schlotterte unter ihrer Karodecke, als sie an knochige Flügel und scharfzähnige Münder dachte.

Für einen Moment war es totenstill. Auch den Prinzen hörte Doro nicht mehr ratzen.

Nicht mal atmen.

»Maxi?«

Sie fingerte nach seinem Puppenbett. Es war leer. Erschrocken sprang sie zum Esstisch, tastete nach einem Feuerzeug und zündete die Kerze an. Maximilian stand an der Tür und grinste sein Nussknackergrinsen.

»Du willst abhauen!«, sagte Doro ihm auf den Kopf zu.

»Keineswegs!«, erklärte der Prinz ruhig. »Ich vermochte nicht zu schlafen, und so beschloss ich, mir die kurzen Beine etwas zu vertreten. Jedoch ... die Nacht ist mir zu schwarz. Ich begebe mich lieber zurück ins Bette.«

Er trippelte in sein Puppenbett zurück, zog sich die Decke bis zum Hals hoch und gähnte.

»Gute Nacht, liebe Freundin.«

»Gute Nacht, Maxi.«

Misstrauisch blieb Doro so lange wach, bis sie den Prinzen im Schlaf reden hörte: »Darf ich ...«, murmelte er säuselnd, »im Hier und Jetzt ... um Eure zarte Hand anhalten ...«

»Bist du sicher, dass du mich meinst?«, murmelte Doro noch und versank zu ihrer eigenen Überraschung unvermittelt in einen traumlosen Schlaf.

Im Morgengrauen wachte sie vor dem Prinzen auf. Sie behielt ihn im Auge, während sie ihr Frühstück aus Oliven, Schafskäse und Fladenbrot zubereitete. Yade hatte an jede Kleinigkeit gedacht. Als sie fast alles aufgefuttert hatte, rekelte sich der Prinz und stieg trotz abgeschnittener Strumpfhose würdevoll aus seinem Minibett.

»Einen guten Morgen wünsche ich!«

Er tappte auf seinen nackten Füßen zu ihr herüber. Doro hob ihn vom Boden hoch und setzte ihn zu sich auf den Tisch.

»Ursuppe zum Frühstück?«

»Herzlich gern!«

Kurz darauf schwamm Maximilian in einer Schüssel mit dem Lebenselixier, während Doro die letzten Oliven verschlang.

»Oh! Oh nein! Ich schäme mich so!«

Doro drehte verwundert ihren Kopf zu Maximilian herum.

Der Prinz stand aufrecht in der Schüssel und drückte seine Händchen vor sein bestes Teilchen. Die weiße Strumpfhose war überall aufgeplatzt, genau wie sein Hemd.

Doro verschluckte sich vor Lachen an einer Olive.

»So lache doch nicht über mich!«, quiekte der Prinz aufgelöst.

»Ich benötige dringendst etwas, um meine Scham zu … Huch!«

Der letzte Rest Ursuppe verschwand. Maximilians Hose platze endgültig auf und segelte auf den Grund der Schüssel.

»Zu Hülfe!«

Doro schnappte sich eine Serviette und versuchte, den Prinzen damit zu umwickeln. »Ich hab doch Brüder«, versuchte sie, ihn zu beruhigen. »Ich hab schon viele …«

»Du wirst doch …«, unterbrach sie Maximilian mit hektisch flatternden Augenlidern, »… das Wort nicht sagen!«

»Pullermann? Wie sagt ihr denn dazu? Gliederich?«

Der Prinz sackte ohnmächtig auf die Tischplatte, wobei sein Serviettenumhang verrutschte. Doro zog die Papierserviette, fast ohne hinzugucken, wieder zurecht. Sachte rüttelte sie an seiner schmalen Schulter.

»Ich hab doch so gut wie nichts gesehen. Na los, Augen auf. Ich sag das Wort auch nicht mehr.«

Die leinsamengroßen Lider öffneten sich zaghaft.

»Ich such dir was zum Anziehen, ja, Maxi?«

Doro durchforstete die Hütte, fand aber nur karierte Bettwäsche, Hand- und Geschirrtücher. Und eben den Nähkasten, der fast so alt wie ihr Einrad, aber super bestückt war.

»Ich näh dir was.«

Der Prinz stand, angestrengt seinen Umhang festhaltend, auf. »Eine vorzügliche Idee. Ich gehe dir zur Hand!«

Doro nahm zuerst Maß, was nicht einfach war, weil Maximilian seinen Umhang partout nicht loslassen wollte. Der Prinz war wieder einen ganzen Zentimeter gewachsen. Mit den neuen Maßen fabrizierten sie einen Pulli aus braun-rot kariertem Frottee und eine Hose aus blau-grün kariertem Geschirrtuch. Doro schnitt zu, der Prinz nähte, wobei er die Nadel wie einen Säbel vor seine Brust hielt, bevor er zustach.

»Wozu Degenunterricht doch alles nützlich ist!«

Nachdem er in seine karierten Klamotten hineingeschlüpft war, blickte Maximilian prüfend an sich herunter. Die Hosenbeine waren fast gleich lang. Die Ärmel nicht, aber den längeren krempelte Doro einfach auf.

»Schick«, fand sie.

Der Prinz wirkte unschlüssig.

»Gleiche ich nicht arg jenen merkwürdigen Schottländern, die zuhauf dem Golfspiele frönen?«

»Golfspieler haben Schuhe. Die kriegen wir aber nicht hin, Maxi.«

Der Prinz winkte gelassen ab.

»Ich flaniere barfuß. Wohin, ist nur die Frage, oder,

um es geradeheraus zu formulieren, liebe Freundin: Was ist eigentlich dein Plan?«

Eine gute Frage.

Doro hatte, wie meistens, komplett planlos gehandelt. Sie war abgehauen. Mehr nicht.

»Erzähl ich dir später«, versuchte sie, Maximilian zu vertrösten. »Lass uns erst mal nach Tasso sehen.«

Auf der nebeligen Weide trabte der Wallach schnaubend auf sie zu. Doro hob den Prinzen hoch, der mit seiner winzigen Hand den braunen Nasenrücken des Pferdes streichelte.

»Komm, wir gucken uns die Gegend an!«, schlug Doro vor. Sie legten dem Wallach die Trense an und ritten auf seinem blanken Rücken durch den kühlen Herbstwald.

»Zu entfliehen ist keine Lösung«, beharrte der Prinz.

»Du willst doch auch nicht zu deinen Eltern zurück.«

»Das ist etwas anderes.«

»Guck mal, ein Fluss!«, lenkte Doro den Prinzen ab. Sie trieb Tasso weiter und stieg ab. Der Wallach schlabberte das klare Nass genüsslich in sich hinein. Doro hockte sich neben das Pferd, während Maximilian über die umliegenden Ästchen balancierte.

»Welch üppige Vegetation!« Staunend reckte der Prinz sein Köpfchen nach oben. »Eichen, Erlen,

Eschen. Schön, aber … noch einmal.« Er drehte sich mit ernsten Karamellaugen zu ihr um. »Immer können wir nicht hierbleiben.«

»Wo sollen wir denn hin?«, flüsterte Doro mutlos.

»Lass uns nunmehr in dein Zuhause zurückkehren«, entgegnete der Prinz ruhig. »Denn du hast ein Zuhause mit passablen Eltern und amüsanten Brüdern. Während ich einen leeren Palast mit schweigsamen Dienern mein Reich nennen darf.«

Er hatte recht, aber bei dem Wort ›Zuhause‹ schmerzte Doros Herz wie bei einem Megaseitenstich.

»Ich trau mich nicht.«

»Ich übernehme die Verantwortung für alles. Lass uns mit deiner Mutter nach einer Lösung suchen!«

»Nein.«

Ein unglaublich dicker Karpfen schnappte an der Wasseroberfläche nach Luft. Doro tauchte ihren Zeigefinger hinein. Sie fand es so beruhigend, wenn Fische daran nuckelten und das tat der zutrauliche Fisch ausgiebig.

»Süß, oder?«

Der Prinz antwortete nicht. War er sauer? Er sah auf jeden Fall so aus, wie er da auf die Wasseroberfläche starrte, in dem sich seine karierte Gestalt schummrig spiegelte.

»Ich dachte, ich sei gewachsen«, murmelte er geknickt. »Und dennoch sehe ich immer noch aus wie ein ... Püppchen!«

»Was dachtest du denn? Supermann?«

»Wie meinen?«

»Ich meine: zwei Meter groß mit Muckis und so?«

»Keineswegs, aber ...«

Der Prinz blickte wieder in den Fluss, beugte sich dabei aber zu weit nach vorn und plumpste kopfüber ins Wasser. Doro tauchte sofort ihre Hand in den Fluss, bekam ihren Freund aber nicht zu fassen. In der nächsten Sekunde schoss der Karpfen, der lang wie drei Zahnpastatuben und breit wie ein Basketball war, auf den Prinzen zu.

Von wegen süß.

Das Dickerchen war völlig ausgehungert.

Schreiend, aber im eleganten Freistil schwamm der Prinz um sein Leben, während Doro panisch durchs Wasser stakste und versuchte, ihn aus dem Fluss zu fischen. Doch immer war ihr die fette Glibberflosse im Weg, die Maximilian mit einer Attacke nur haarscharf verfehlte.

Grimmig änderte sie ihre Taktik: Wenn der Karpfen Jagd auf ihren Prinzen machte, machte sie eben Jagd auf den Karpfen!

Blitzschnell schloss sie beide Hände um den schleimigen Fettwanst, der ihr sofort entglitt und ins Wasser zurückflutschte. Trotz Übergewichts schoss er pfeilschnell auf den Prinzen zu. Doro stapfte den beiden hinterher und sah zu ihrem Entsetzen, wie der feiste Fisch ein Bein des Prinzen zu fassen bekam, das tief in seinem runden, wulstigen Fischmaul verschwand. Der Prinz strampelte um sein Leben. Mit letzter Kraft gelang es ihm, sein Bein wieder herauszuziehen. Bevor der Karpfen ihn erneut attackieren konnte, warf Doro sich bäuchlings auf das schuppige Monstrum, landete stattdessen aber kopfunter im Flussbett.

Verschwommen sah sie, wie das Tier mit weit geöffnetem Maul auf Maximilian zusteuerte, der sich vor Schreck nicht rühren konnte. Doro riss ihren Kopf nach oben, um Luft zu holen, und tauchte wieder ab. Unter Wasser fand sie sich Aug in Aug mit Glibberflosse.

Wo war Maximilian?

Doro holte erneut Luft und suchte dann, Kopf unter Wasser, den Fluss ab. Sie sah bloß Steine, grüne Halme und winzige Fischchen. War er wirklich in dem Bauch von diesem verdammten Flutschfisch, der nur wenige Meter von ihr seelenruhig an einem Stein nuckelte?

Doro stellte sich auf ihre Füße und watete, so leise sie konnte, auf die Riesenflosse zu. Der Karpfen glubschte zu ihr hoch, schoss den Fluss hinab und war innerhalb einer Sekunde aus ihrem Blickfeld verschwunden.

Doro rannte ihm nach, tauchte dann ab und versuchte den Karpfen durch das klare Wasser zu entdecken. Aber bis auf ein paar schmale Forellen kam ihr kein Fisch mehr zu Gesicht. Trotzdem tauchte und lief sie sicher zehn Minuten durch den Fluss, bis sie schließlich aufgab. Nass und bibbernd stieg sie aus dem Wasser.

Er konnte ihn nicht aufgegessen haben, versuchte Doro sich zu beruhigen. So groß war der Karpfen doch auch wieder nicht! Und hatte so ein Fisch überhaupt Zähne? Verzweifelt, aber mit einem Fünkchen Hoffnung in ihrem ausgekühlten Körper lief sie am Flussufer wieder zurück, bis sie auf Tasso traf, der geduldig am Ausgangspunkt gewartet hatte.

»Hast du Maximilian gesehen?«, fragte sie den Wallach. Er schnaubte freundlich.

Das konnte alles und nichts heißen.

Vielleicht war er unter ein paar schwere Äste geraten? Doro trat, eine Ewigkeit, wie ihr schien, Gehölz zur Seite, wühlte in Laubhaufen, teilte Farn.

Nirgends war ihr Freund zu entdecken.

»Vielleicht ist er schon zurückgelaufen. Vielleicht haben wir uns irgendwie verpasst!«, redete sie auf Tasso ein, der nach jedem ›vielleicht‹ stoisch schnaubte. Pitschnass, wie sie war, zog sie sich auf seinen Rücken, nahm die Zügel in die Hand und galoppierte wackelig zurück zur Hütte, in der sie tropfnass auf die alten Dielen trat.

»Maxi, bist du hier? Hallo? MAXIIIII!«

Sie suchte überall, in Teegläsern, im Nähkasten. Sie rief Yade an, aber bei ihr zu Hause ging niemand dran. Na klar, ihre Freundin war in der Schule und die Eltern arbeiteten.

Doros Zähne schlugen vor lauter Zittern hart aneinander. Sie musste raus aus ihren nassen Klamotten. Warum hatte sie nur Unterhosen und Strümpfe mitgenommen?! In dem alten Kleiderschrank fand sie eine graue Bundfaltenhose und einen karierten Pulli. Der Opa war ziemlich klein gewesen, auf jeden Fall passten seine Sachen ihr einigermaßen.

»Ich muss Hilfe holen«, erklärte sie auf der Weide Tasso und führte ihn zum Waldpfad. Gerade als sie sich auf das Pferd ziehen wollte, bemerkte sie eine Einkerbung im lehmigen Boden. Doro kniete sich hin und betrachtete die Stelle aus nächster Nähe: Ein winziger Fußabdruck mit fünf Minizehen hatte sich in die Erde gegraben. Sie marschierte mit Tasso an der Trense weiter. Immer wieder stieß sie auf die Abdrücke, die nur von ihrem Prinzen stammen konnten.

Die Spur führte sie genau den Weg entlang, den sie mit Yade hergekommen waren. Nach einigen Minuten erreichte Doro den Reiterhof, um den sie allerdings einen Riesenbogen machte. Immerhin saß sie auf einem entführten Pferd!

Doro trieb Tasso an und ritt, so gut sie konnte, im Trab weiter. Sie ahnte jetzt, was der Prinz vorhatte: Er wollte zu ihr nach Hause, mit ihrer Mutter palavern und die Verantwortung für alles übernehmen. Ob er schon angekommen war? Hätte sie ihn nur nicht so ewig lange gesucht!

Daheim am Vorgarten stieg Doro ab und erkannte winzige, verwischte Spuren, die ums Haus herumführten. Sie band Tasso am Zaun fest und durchforstete den Garten, während der Wallach sich über die gigantischen Löwenzahnblätter hermachte, die im Vorgarten auf einem Haufen lagen.

Doro hatte das hintere Grundstück des Schippers-Hauses gerade erreicht, da regnete es so heftig los, als würden Wassereimer über sie ausgekippt. Vor ihren Augen verwandelten sich Maximilians Fußspuren in Matsch. Sie suchte trotzdem weiter, vor allem in den Löchern, die sie gestern gebuddelt hatten, um Löwenzahnwurzeln zu ernten.

Die Tür zur Terrasse flog ruckartig auf. Erleichtert stolperte ihr Vater durch den Regen auf sie zu.

»Die Polizei hatte recht!«, rief er. »Morgen ist sie wieder da, haben die gesagt! Und ich wusste es auch!

Wie siehst du denn aus? Ach, unwichtig. Komm endlich her!«

Er drückte sie fest mit seinen dünnen Armen. Doro hätte nie gedacht, dass er so stark sein konnte!

»Du bist ja klitschnass. Schnell rein mit dir!«, befahl Herr Schippers erschrocken.

»Gleich ...«

»Sofort!«

»Wo ist Mama?«

»Oben. Jetzt komm aber!!!«

Er zog sie mit sich. Doro drehte sich im Gehen noch einmal zum Garten um. Wo steckte der Prinz?

An der Tür zum Schlafzimmer wurde sie langsamer. Doch ihr Vater schob Doro, die er in seinen viel zu großen Bademantel gewickelt hatte, ans Bett heran. Frau Schippers hatte sich mit den Birnchen unter einer Decke verkrochen, richtete sich aber sofort auf, als sie ihre Tochter bemerkte.

»Wie beknackt siehst du denn aus?«, zischte Albert. Erwin sprang auf und drückte sich an sie. Er trug wirklich einen ihrer Pullis, erkannte Doro gerührt.

Ihre Mutter schwieg. Doro bemerkte bedrückt die breiter gewordene graue Strähne in ihrem Haar.

»Könnt ihr mich mit Doro allein lassen?«, bat sie die anderen. Ihr Vater schleifte die Zwillinge hinaus.

»Blöde Kuh«, würgte Albert seiner Schwester im Vorbeigehen noch rein. »Das verzeih ich dir nie!«

Als alle weg waren, zog ihre Mutter sie aufs Bett.

»Wo warst du?«, fragte sie viel milder, als Doro es für möglich gehalten hatte. Sie brachte trotzdem kein Wort heraus.

»Was ist denn bloß los mit dir?«, wollte Frau Schippers mit Tränen in ihren schönen grünen Augen wissen. »Warum läufst du weg? Hab ich zu viel gearbeitet? Ist es das? Du hast recht, weißt du. Ich hab dich zu viel allein gelassen.«

»Das ist es gar nicht«, murmelte Doro.

Sie musste es jetzt sagen. Nicht nur, weil ihre Mutter ihr so leidtat. Doro brauchte Hilfe.

»Aus deiner Ursuppe ist was entstanden.«

»Ja. Weißt du, ich hab für die Entdeckung dieser zwanzig Aminosäuren so hart gearbeitet«, antwortete Frau Schippers traurig.

»Die meine ich nicht. Nicht die Aminosäuren. Ich meine ... Ein echter Mensch. Ein ... Prinz.«

»Was?! Aus meiner Ursuppe soll ein Prinz entstanden sein? Was redest du denn da, Doro!«

Entgeistert ließ Frau Schippers ihre Tochter los.

Vierzehn Hände

Doro trommelte ihre Familie am Küchentisch zusammen. Sie packte endlich aus. Weil sie Hilfe brauchte. Aber die anderen wollten wie immer alles ganz genau wissen, bevor sie ihre Hintern bewegten.

»Wie stark war der Blitz genau?«

»Warum wächst der Prinz erst jetzt?«

»Und er trinkt Tee?«

»Aber isst nichts?«

Die Fragen surrten durcheinander, und mit jeder neuen kapierte Doro, wie unglaublich ihre Geschichte klang.

»Ihr könnt ihn später alles selbst fragen!« Hilflos

sprang sie vom Tisch auf. «Im Garten fangen wir an. Wer sucht mit?«

Aber die vier Schippers-Hintern blieben kleben.

»Keiner? Ich glaub, ich spinne! Ohne mich hättet ihr keine einzige Löwenzahnwurzel ausgebuddelt! Schon vergessen?!«

»Okay.« Erwin richtete schwerfällig seinen Birnenkörper auf. »Aber du spinnst.«

»Es ist tatsächlich unwahrscheinlich«, verkündete ihr Vater. »Allerdings dachte bis vor Kurzem auch keiner, dass sich mit Mathematik Millionen Knoten gleichzeitig entwirren lassen.« Er stellte sich ebenfalls auf seine schmalen Füße.

»Ich helf dir auch«, sagte Frau Schippers knapp. »Aber erst sag ich der Polizei, dass du wieder eingetrudelt bist.«

Bloß Albert klebte weiter am Stuhl fest.

Am Telefon gab Frau Schippers Entwarnung: »Unsere Tochter ist wieder da. Sie hat bloß woanders geschlafen und vergessen, Bescheid zu geben. Danke für Ihre Hilfe.«

Wenig später lauschten die Schippers im Garten Doros Anweisungen.

»Jeder fängt in einer Ecke an«, erklärte sie. »Wir arbeiten uns bis zur Mitte vor. Guckt vor allem in die

Löcher von der Löwenzahnernte, also, ich meine in die Pfützen! Vielleicht ist er da reingefallen!«

Doro legte in ihrer Ecke los. Dabei beobachtete sie die anderen: Erwin hob gerade einen Löwenzahnstummel an, ihr Vater wühlte in einem Erdloch und Frau Schippers tastete den matschigen Boden ab. Sie nahmen die Suche ernst, dachte Doro überrascht und linste unter eine Gartenschippe.

Da war Maximilian auch nicht.

»Du meinst doch nicht DAS hier, oder?«

Alles drehte sich zu Albert um, der auf der Terrasse etwas Kariertes hin und her schwenkte. Doro hechtete zu ihm.

»Das ist er! Mann, schüttel ihn doch nicht so!«

Albert warf ihr Maximilian zu.

»Lag unter der Gartenbank. Ich hab ihn von meinem Stuhl aus entdeckt. Nicht dass du denkst, ich hätte mitgesucht.«

Die anderen Schippers umringten sie. Kritisch starrten sie auf das merkwürdige Etwas in Doros Händen. Die Augen des armen Prinzen waren geschlossen, der Mund leicht geöffnet, Arme und Beine standen steif zur Seite ab.

»Da sind ja unsere Radiergummis lebendiger!«, frotzelte Albert. Erwin und die Eltern schwiegen. Im Grunde glaubten sie ihr kein Wort, kapierte Doro frustriert. Aber viel schlimmer war, dass kein Leben mehr in Maximilian steckte. Er sah aus wie eine zu große hölzerne Puppenhaus-Puppe.

»Ich muss ihm helfen!«

Doro nahm die Reisetasche, die sie kurz vorher auf die Terrasse geworfen hatte, lief mit dem Prinzen in die Küche und ließ sein Lebenselixier in eine Glasschüssel gluckern.

»Mama«, regte Albert sich auf, »das ist deine Ursuppe! Lässt du die das einfach so machen?!«

Auch Herr Schippers und Erwin schielten betreten zu Frau Schippers hinüber, während Doro ihren Prinzen vorsichtig in die Flüssigkeit gleiten ließ.

»Das ist jetzt sowieso egal«, seufzte ihre Mutter. »Wissenschaftlich ist die, nachdem sie einmal umgefüllt und mit Luft in Berührung gekommen ist, sowieso unbrauchbar.«

Doro spürte die Blicke ihrer Familie heiß im Nacken. Selbstsicher drehte sie sich zu ihnen herum.

»Seht ihr?« Sie zeigte auf die Schüssel, in der Maximilian sein gesamtes Lebenselixier aufgebraucht hatte. »Er saugt sie auf! Glaubt ihr mir jetzt, dass er lebt?«

»Ach, das Ding ist doch bloß aus extrem saugfähigem Material«, erklärte Albert stur. »Vielleicht Polymere mit Polyelektrolyten auf Polyacrylatbasis.«

»Aber sicher mit Celluloseanteilen«, glaubte Erwin.

»Und gepfropfter Stärke«, ergänzte ihre Mutter.

Diese Fachsimpelei hätte Doro normalerweise in den Wahnsinn getrieben, aber gerade hatte sie andere Probleme: Der Prinz blieb hart wie die Glasschale, in der er lag. Sie schenkte nach, und noch mehr, bis auch die zweite Flasche leer war.

Nichts passierte.

Warum wurde er nicht schön und gesund wie sonst?, fragte sich Doro panisch. So lange war sein letztes Ursuppenbad doch nicht her! Hatte er sich auf dem langen Marsch nach Hause zu sehr verausgabt? Oder brauchte er jetzt, wo er gewachsen war, mehr Lebenselixier?

»Kannst du wieder Ursuppe herstellen?«, bat sie ihre Mutter. »So viel wie möglich?«

»Mehr Ursuppe?«, wiederholte Albert fassungslos. »Nachdem du anderthalb Liter geklaut hast?«

»Wirklich, Doro«, hielt ihr Vater sie zurück.

»Lass Mama in Ruhe«, bat sogar Erwin.

Aber Frau Schippers stieg unverzüglich die Treppen zu ihrem Labor hinunter. »Wenn Doro Ursuppe braucht, mache ich ihr welche«, teilte sie allen mit. »Komm mit!«

Doro griff nach der Schüssel mit dem Prinzen und folgte ihr, genau wie der verdatterte Rest ihrer Familie.

»Dann glaubst du mir?«

»Nein.«

Frau Schippers blieb vor der Tür zum Kellerraum stehen. »Aber ich möchte nicht, dass du wieder wegrennst. Dafür schütte ich sogar Ursuppe mit sensationellen zwanzig Aminosäuren drin auf eine Puppe.«

Im Keller hatte ihre Mutter ihre ganzen Maschinen und Geräte heruntergefahren. Das Magische Quadrat war tot wie ein Toaster nach einem Megakurzschluss.

»Schalter an!«, forderte sie die Zwillinge auf. »Tobias, holst du die Gase?«, bat sie ihren Mann und zeigte in Richtung der riesigen Gasflaschen, die an der Wand standen.

Ächzend versuchte Herr Schippers, die schweren Behälter zum Magischen Quadrat zu schleifen. Doro half ihm.

»Geht das denn so schnell?«, wandte Erwin ein.

»Für Doros Zwecke wird's reichen«, gab Frau Schippers zurück. Was das wohl heißen sollte?, dachte Doro. Sie nahm an: Als Lebenselixier würde es gut genug sein.

Unverzüglich machten sich alle an die Arbeit. Trotz ihrer Sorgen um den Prinzen durchfuhr ein Glücksblitz Doros Körper. Alle halfen ihr. Sogar Albert!

»Du willst wohl auch nicht mehr, dass ich weglaufe, hm?«, neckte Doro ihren kleinen Bruder.

»Nee. Will ich nicht, du blöde Kuh«, motzte das Birnchen zurück. Doro kraulte sein Haar, ob er wollte oder nicht.

Und er wollte, zumindest eine Sekunde lang.

Nachdem sie die Gase angeschlossen hatten, saugte Frau Schippers mit einer kompliziert aussehenden Pumpe fachmännisch die Luft mit dem Sauerstoff aus dem Magischen Quadrat.

»Damit uns nichts um die Ohren fliegt!«, fachsimpelte Doro. »Sauerstoff ist ein Teufelszeug. Er bringt Metall zum Rosten. Holz zum Brennen. Und Gase zum Explodieren!«

Die Schippers starrten sie entgeistert an.

»Woher weißt DU das denn?«, staunte Erwin.

»Das wusste doch schon der ehrwürdige Lavoisier!«, winkte Doro cool ab. »Sind wir jetzt fertig? Geht's gleich los?«

»Nein«, antwortete ihre Mutter. »Mist!«

Besorgt sah sie auf eine der Gasflaschen.

»Wir haben kaum noch Methan. Ich muss mehr aus der Uni holen. So lange müssen wir noch warten.«

»Können wir nicht trotzdem schon anfangen?«, fragte Albert.

»Nein«, beharrte ihre Mutter. »Ich muss dabei sein.«

»Aber wir haben nicht viel Zeit. Er muss bald Ursuppe bekommen!«, drängte Doro. »Kann nicht Papa zur Uni fahren?«

Zweifelnd sah Frau Schippers zu ihrem Mann hinüber.

»Wir brauchen vorsorglich noch Wolfram für die Elektroden an der Spannungsquelle. Und Ethanol sowie Polydimethylsiloxane für die Kühlung. Das muss jemand machen, der sich in meinem Fachbereich auskennt. Und nicht einer, der schon Probleme hat, den Raum zu finden.«

Herr Schippers lächelte entschuldigend in die Runde.

»Ich weiß, wer!«, rief Doro. »Sascha! Aus meiner Schule!«

»Das Mädchen mit den schwarzen Klamotten aus dem Chemie-Leistungskurs, in dem ich mal war? Woher kennst du sie?«

»Kenn ich eben.«

»Intelligentes Mädchen«, überlegte ihre Mutter. »Hast du ihre Nummer? Oder wenigstens ihren Nachnamen?«

Doro versuchte, sich zu erinnern, was auf Saschas Heft gestanden hatte. Ein bescheuerter Name, der irgendwie zu ihr passte.

Schwarze? Schwarzkopf?

»Schwarzhaupt! Sascha Schwarzhaupt!«

Die Nummer hatten sie bald herausgefunden. Ihre Mutter wollte selbst anrufen, was Doro für eine gute Idee hielt. »Sascha, hier ist Frau Schippers, die Mutter von Doro«, sprach sie in ihr Smartphone, das sie auf laut gestellt hatte. Im Keller war es mucksmäuschenstill.

»Lassen Sie mich raten«, hörte Doro Saschas muffelige Stimme. »Doro möchte mit mir spielen.«

»So ist es. Ich allerdings auch.«

»Sie?«, fragte Sascha schon interessierter.

»Assistieren Sie mir beim Urey-Miller-Experiment?«

»Klaro!«, schrie Sascha begeistert. »Was muss ich'n dafür tun? Für Urey-Miller mach ich alles!«

Doros Mutter erklärte ihr, wo sie hingehen musste, um Methan und die Spannungs- und Kühldingsbumse zu holen.

»Ich sag dem Laborarbeiter Bescheid, er wird dir alles aushändigen. Bist du eigentlich volljährig?«

»Seit 'ner Woche. Wann brauchen Sie das Zeug?«

»Sofort.«

Sascha hängte auf, ohne sich zu verabschieden. Doro hoffte, dass das nicht »Leck mich«, sondern »Ich jag gleich los« bedeutete. Bei Sascha wusste man nie.

Frau Schippers startete das Experiment mit dem letzten Rest Methan und eine Stunde später stand der Nachschub schon im Keller. Und ein riesiger Muffelkopf daneben. Zwölf Hände packten unablässig mit an, drehten hier ein Gas auf, wechselten da die Kühlflüssigkeit oder schlossen neue Elektroden an. Aber es ging langsam voran: Die Ursuppe bildete sich wie immer nur tröpfchenweise.

Doro wünschte sich, besser helfen zu können, hielt sich aber zurück, bevor noch etwas wegen ihr in die Luft flog. Stattdessen lief sie regelmäßig auf ihr Zimmer, wo sie den Prinzen auf ihr Kopfkissen gelegt hatte.

Sascha sollte lieber nichts von ihm wissen.

»Halt durch, Maximilian«, flüsterte sie und streichelte sein kleines Gesicht mit den geschlossenen Augen. »Gleich kriegst du ein Vollbad. Vielleicht wächst du sogar wieder! Irgendwann bist du 154 Zentimeter groß und kannst in ein paar Jahren vielleicht Yade heiraten. Das wär doch was! Was sagst du, Maxi? Hast du mich gehört?«

Der Prinz blinzelte einmal mit den Augenlidern, glaubte Doro. Vielleicht wollte sie es auch nur glauben.

Yade schneite am Abend in einem weißes Rüschenkleid herein, als wolle sie Maximilian schon heute heiraten. Bei dem Anblick des leblosen Prinzen brach sie in Tränen aus.

»Mein Prinz! Ich bleibe die Nacht hier und bei euch!«, schluchzte sie und sah vom Bettrand aus verzweifelt zu Doro hoch. »Ich hab meine Eltern schon gefragt. Meinst du, Handauflegen könnte helfen? Meine Mutter hat magische Hände. Vielleicht hab ich das ja von ihr geerbt!«

Und schon bearbeitete sie die schmächtige Brust des Prinzen mit ihren glitzernden Fingerkuppen. Wenn Maximilian nicht schon in Ohnmacht liegen würde, wäre er jetzt so weit, dachte Doro.

Sie lief in den Keller, um zu sehen, ob sich im Auffangbecken mehr Flüssigkeit befand. Aber es reichte nicht mal für ein Reagenzglas.

Um Mitternacht schickte Frau Schippers Sascha nach Hause.

»Gute Arbeit! Kommen Sie mich mal in der Uni besuchen?«

»Was glauben Sie denn?«

»Ist das ein Ja?«

»Was'n sonst?«

Ihre Mutter reichte Sascha lächelnd die Hand. Aber das große Mädchen in den schwarzen Klamotten schlug nicht ein.

»Ist noch irgendwas, Sascha?«

»Wissen Sie«, stammelte das Mädchen ungewohnt schüchtern. »In ein paar Wochen sind Winterferien und … Bevor ich mich da mit irgendwelchen Idioten aus meiner Schule treffe, dachte ich …. Also, ich würd gern 'n Praktikum in 'nem Labor machen. Haben Sie da, also … 'nen Platz frei?«

»Wenn ich meine Professur doch noch schaffe … ja!«

Sie gaben sich die Hände. Doro sah das düstere, dicke Mädchen zum ersten Mal lächeln.

»Willst du eigentlich gar nicht wissen, warum wir die Ursuppe brauchen?«, fragte sie die große Schülerin.

»Es ist das größte Experiment der Menschheit, du Zwerg!«

Stöhnend schlurfte Sascha nach draußen.

Gegen zwei Uhr nachts hatten sie genug Ursuppe hergestellt, um eine Auflaufform zu füllen. Mit zitternden Händen ließ Doro ihren kleinen Freund hineingleiten. Viele Sekunden vergingen, bis sich eine bohnengroße Hand rosa färbte, dann die andere. Die Karokleidung begann zu spannen und wenig später stieg ein zwölfjähriger Minijunge rosig wie ein Babypopo aus der Auflaufform.

»Oha!«

Lachend blickte Maximilian in die Runde, genauer gesagt in sechs Augenpaare, die ihn erleichtert, liebevoll, neugierig, ungläubig oder zweifelnd anstarrten.

»Da ist irgendwo 'n Akku drin!«, behauptete Albert.

Auf der Tischplatte überhörte der Prinz den Zweifler stilvoll. Stattdessen verbeugte er sich tief und wedelte beim Wiederhochkommen anmutig mit der Hand.

Yade schluchzte ergriffen auf.

»Sehr erfreut, Ihre Bekanntschaft zu machen, verehrtes Paar Schippers. Mein Name ist Maximilian der Zweite, Prinz von Bayern. Erwin, Albert? Mir dünkt, wir kennen uns bereits.«

»Ach ja?«, stammelte Erwin baff.

»Stichwort Wadenwickel.« Der Prinz zwinkerte verschwörerisch mit einem Auge.

»Siehste? Das war gar nicht von Doro!«, strahlte Albert überlegen seinen Bruder an.

Der Prinz sah versonnen zu Yade hoch.

»Yade. Dein Antlitz erweckt mich ein zweites Mal zum Leben.«

»Zu freundlich, Prinz«, hauchte Doros Freundin.

Frau Schippers knickte in der Mitte ein und musste von ihrem blassen Mann gestützt werden, der selber ziemlich wackelig auf seinen langen Stelzen stand.

»Da sind meine Knoten nichts dagegen«, faselte er.

»Alles ... irgendwie ... zu viel«, stotterte Doros Mutter.

Der Prinz trippelte auf der Tischplatte noch näher an sie heran. Erschrocken wich Frau Schippers zurück.

»Es übersteigt das menschliche Fassungsvermögen«, begann er und verneigte sich respektvoll. »Ich bitte inständigst, Ihre Hand küssen zu dürfen. Sie haben Ihre wertvolle Arbeit für mich hergegeben und damit Ihre Laufbahn gefährdet. Das war überaus großmütig von Ihnen. Ich danke untertänigst!«

»Aus welchem Jahr kommt der genau?«, quasselte Erwin dazwischen. »Kennt der schon Datenübertragung?«

»Wetten?«, entgegnete Albert. »Soemmerrings elektrischer Telegraf! 1801 erfunden!«

»Wette gilt! Das war später!«

»Überhaupt nicht, du Blödi!«

»1811, das Jahr meiner Geburt«, unterbrach der

Prinz die Streithähne. »Erfindung des soemmerringschen Telegrafen. Übertragung von Informationen per Kupferdraht und Wasserblasen. Ein Geniestreich!«

»Mist!«, schimpfte Albert.

Maximilian stellte sich an den Rand des Tisches und streckte die Hand auffordernd nach der reglosen Frau Schippers aus.

»Jetzt gib ihm endlich die Hand!«, forderte Doro sie auf.

Ihre Mutter gehorchte mechanisch.

Der Prinz drückte sein kleines Mündchen auf ihren Handrücken. Yade reichte ihm ebenfalls ihre zarte Hand, die er gleich mit mehreren Küssen bedeckte. Nach dem fünften Knutscher ließ er Yades Hand los und suchte Doros Blick.

»Lass dich umarmen, treue Gefährtin.«

Er breitete feierlich die Arme aus und drückte Doro, das heißt zumindest einen Teil ihres Bauches.

»Ich danke dir, liebste Freundin.«

»Ich danke dir, Maxi. Ohne dich läge ich immer noch unter karierter Opabettwäsche in einer Hütte ohne Strom. Und ohne meine Familie.« Sie drehte sich zu ihrer Mutter um. »Danke, Mama. Euch allen.«

Frau Schippers versuchte, sich mit Tränen in den Augen gerade hinzustellen. Die Wangen ihres Vaters färbten sich langsam wieder rosa.

»Der ist echt ’ne Sensation, Mama!«, plapperte Albert aufgeregt. »Damit kommst du todsicher in die größten Wissenschaftszeitschriften, in ›Nature‹ oder ›Science‹!«

Entsetzt blickte Doro ihre Mutter an.

»Nein! Ich möchte nicht, dass er von Wissenschaftlern auseinandergenommen wird! Auch nicht von dir, Mama!«

»Meine Kollegen glauben sowieso nicht an Wunder«, wiegelte Frau Schippers ab. »Denen sind 20 handfeste Aminosäuren lieber. Ich glaube, den Ursuppenprinzen halten wir lieber geheim. Schafft ihr das? Albert, du auch?«

Die Birnchen, Herr Schippers und Yade nickten.

Obwohl es bereits mitten in der Nacht war, lümmelten sich alle aufs Sofa, tranken Tee, feierten Doros Rückkehr und das nun 15 Zentimeter große neue Familienmitglied aus der Vergangenheit. Viel zu spät, um 3:46 Uhr, um genau zu sein, schleppten sich vierzehn müde Beine in ihre Betten.

Doro fliegt

Am frühen Morgen weckte ein Anruf das Haus: Herr Tiemann wollte wissen, ob die Ausreißerin wieder eingetrudelt sei.

»Ja«, gähnte Herr Schippers im Wohnzimmer entspannt, »danke, dass Sie nachfragen. Ein Problem in der Familie, ein Missverständnis. Jetzt ist alles wieder gut.«

Dann sagte Doros Klassenlehrer irgendetwas, das das Lächeln ihres Vaters plötzlich einfrieren ließ.

»Oh. Ich verstehe. Noch vor Schulbeginn? Natürlich. Wir ... sind da.«

Mit hängenden Schultern legte Herr Schippers auf.

»Was ist los, Papa?«

»Wir müssen noch mal zur Direktorin«, antwortete ihr Vater sorgenvoll. »Ein paar Lehrer haben sich deinetwegen zusammengesetzt. Mehr weiß ich nicht. Ich wecke die Zwillinge und Mama.«

Er verschwand aus dem Wohnzimmer. Mit zugeschnürter Kehle sprang Doro die Treppen hoch, um Maximilian und Yade wach zu rütteln. Sie wusste, was ihr bevorstand. Ein Gespräch vor Schulbeginn mit der Direktorin konnte nur eines heißen: Sie würde noch heute fliegen.

Beim Frühstück schmierte Doro zur Ablenkung Brote für alle. Die anderen Schippers und Yade schwiegen bedrückt, bis ein tiefes Grummeln den gesamten Küchentisch aufschreckte.

»Das war der Prinz!«, petzte Erwin.

Alle guckten zu der grünen Butterdose hinüber, auf der Maximilian thronte und beschämt die Hände auf seinen mittlerweile zitronengroßen Bauch legte.

»Wie genant! Und das vor Damen. Ich bitte um Verzeihung.«

»Das ist doch nur menschlich«, beruhigte ihn Yade.

Doro schmierte dem Prinzen ein Brot mit Käse, wobei sie die Portion in acht mundgerechte Stücke schnitt. Erstaunt beobachteten alle, wie der Prinz seine Schnittchen mit elegant gespreizten Fingern aß. Für eine Weile vergaß Doro sogar, dass ihre Direktorin sie in einer halben Stunde von der Schule werfen würde.

»Hast du heute schon in Ursuppe gebadet?«, wunderte sie sich. »Du siehst so frisch aus!«

Kauend schüttelte Maximilian den Kopf.

»Ich verstehe es selbst nicht. Wenn ich noch um ein paar weitere der köstlichen Häppchen bitten dürfte?«

Doro schmierte ihm acht Mini-Frischkäse-Schnitten.

»Dein Organismus hat sich angepasst, Maxi«, vermutete Albert, während der Prinz seine Zähne ins Brot versenkte.

»Viel mehr als das!«, widersprach ihm Erwin. »Mamas neue Ursuppe mit allen Aminosäuren hat Einfluss auf sein genetisches Programm genommen!«

»Ein genetisches Programm ändert sich doch nicht durch Käseschnitten!«, motzte Albert auf seinen Bruder ein.

»Es hat sich ja auch vorher modifiziert, du Idiot!«

»Es ist einfach ein Wunder. Belassen wir es dabei«, beendete die Mutter den Streit. »Wir müssen jetzt los.«

Sie sprangen alle auf, auch der Prinz.

»Heute kann ich dich wirklich nicht mitnehmen«, hielt Doro ihn schweren Herzens zurück. »Du musst hier warten.«

»Aber ich möchte dir so gern zur Seite stehen!«

»Es ist zu riskant«, erklärte Doro und lief zur Garderobe, um ihren Parka und den Rucksack zu holen. Selbst Yade nickte bestätigend. Bedrückt setzte der Prinz seinen königlichen Hintern auf die Butterdose zurück. Es half auch nichts, dass ihm seine Angebetete noch einmal mit ihren silbrig lackierten Fingern über die Schulter strich.

Als die Schippers und Yade durch die Haustür treten wollten, drang gedämpft ein Wiehern zu ihnen herüber.

»Was war das?«, erschrak Doros Mutter.

»Irgendwas im Garten«, murmelte ihr Vater. Sie liefen mit den Birnchen auf die Terrasse. Doro und Yade folgten im Schneckentempo. Nervös beobachteten sie, wie Tasso den Schippers freundlich entgegenschritt.

»Was ist das?«, kiekste Doros Vater.

»Ein Pferd«, antwortete Erwin baff.

»Ein Wallach«, verbesserte ihn Albert mit fachmännischem Blick unter Tassos Bauch, während Yade auf ihr Pflegepferd zuschritt und mit einer Hand liebevoll seine Stirn bis zu den sanft schnaubenden Nüstern herunterfuhr.

»Ich habe ihn entführt«, gestand sie. Doro bemerkte den Prinzen, der in der Terrassentür stand und Yade bei ihrem mutigen Geständnis anhimmelte. »Stört er sehr?«

»Nun, nicht direkt …«, stammelte Herr Schippers uneindeutig. »Wieso ist er denn hier?«

»Sein Besitzer hat ihn gequält«, sprang Doro Yade bei.

»Das kann ich bezeugen.« Der Prinz trippelte näher an die Schippers heran. »Dieser Unmensch sollte sich nicht einmal um eine Stubenfliege kümmern dürfen!«

»Es war aber meine Idee«, erklärte Yade eilig. Doros Eltern sahen sich ratlos an.

»Jetzt ist erst mal die Sache in der Schule dran«, beschloss Frau Schippers schließlich.

Im Gänsemarsch marschierten sie zur Familienkutsche der Schippers und stiegen ein. Nur Yade war schon mit dem Fahrrad nach Hause gefahren, um frische Klamotten anzuziehen. Frau Schippers fuhr los. Doros Herz zog sich, je näher sie der Schule kamen, immer enger zusammen. Irgendwann würde es so klein wie das einer Ameise sein.

»Vielleicht könnt ihr zwei dem Prinzen mal erklären, wie Autos funktionieren«, versuchte Doro sich abzulenken.

»Jetzt gleich?«, wollte Albert wissen.

»Quatsch, jetzt doch …«

Ihr Mund klappte mitten im Satz weit auf. Fassungslos starrte sie auf den Rucksack neben ihren Füßen.

Der Oberkörper des Prinzen ragte aus der Seitentasche heraus. Sein braun-rot karierter Pulli spannte jetzt überall an Maximilians Körper, sicher wegen der vielen Schnittchen, die ihn noch schneller als die Ursuppe wachsen ließen. Herr Schippers drehte seinen Kopf nach hinten.

»In der Schule lässt du dich aber nicht blicken, Maximilian!«, befahl er ungewohnt streng.

Ihre Mutter starrte beim Fahren nachdenklich auf die Straße. »Was sagen wir bloß der Direktorin?«, überlegte sie irgendwann laut. »Ich meine, warum du so plötzlich von der Schule weggelaufen bist?«

»Ich hab keine Ahnung, Mama. Und dass du mitkommst, Maximilian der Zweite, ist nicht sehr hilfreich!«

»Das werden wir ja sehen, liebe Freundin.«

»Wo er schon mal hier ist.« Albert hob Maximilian resolut aus dem Rucksack und setzte ihn zwischen sich und Erwin. »Carl Benz baute 1885 das erste Auto mit Verbrennungsmotor.«

»Den Motor dafür hat aber 1860 Reithmann erfunden!«, fuhr Erwin dazwischen. Begeistert mischte der Prinz mit: »Huygens entwickelte meiner Kenntnis nach bereits 1673 eine Art Verbrennungskraftmaschine. Könnte diese gemeinhin als Vorläufer der heutigen Automaschinen gelten?«

»Könnte«, meinte Erwin.

»Könnte nicht!«, widersprach ihm sein Bruder. »Dann könnte ja auch gleich dieser englische Mönch, Roger Bacon, der Erfinder sein! Bloß weil er 1214 gesagt hat, dass es mal Karren geben wird, die sich selbst ziehen!«

»Also auch ein Vorläufer«, beharrte Erwin.

Während die drei diskutierten, kapierte Doro, was sie tun musste.

So, wie die Erfindung des Autos schon lange vor dem Bau des ersten Wagens begonnen hatte, würde sie ihre Geschichte erzählen. Wie alles angefangen hatte und sie die schlimmste Schulschwänzerin der Schule geworden war.

Während die Birnchen draußen auf den Schulbeginn warteten, betrat Doro mit ihren Eltern das Büro von Frau Dr. Peetz. Die Direktorin war eine große, kurvige Frau in einem schicken, eng anliegenden Kleid, das so blau war wie das schönste Meer. Mit einem, wie Doro fand, bereits bedauernden Lächeln gab sie den Schippers die Hand.

Neben der knallblauen Direktorin stand rot gelockt Frau Strohbeck. Zwischen ihren Brüsten ragte die Schwanzspitze eines fies grinsenden, knallorange Skorpions bedrohlich in die Höhe. Doro verstand sofort:

Ihre Erdkundelehrerin wollte ihr heute freudestrahlend den Todesstoß versetzen.

Sie beschloss, zunächst die Ausgangslage zu checken.

»Kommt Herr Tiemann nicht?«, fragte Doro, während alle Platz nahmen. »Er hat doch heute Morgen bei uns angerufen.«

»Seine Frau hat plötzlich Fieber bekommen. Die Grippe wahrscheinlich. Er muss sich um sein Baby kümmern.«

Doros Lippen formten sich zu einem unhörbaren ›Mist‹. Ohne ihren Klassenlehrer hatte sie hier kaum eine Chance. Ihre Eltern zwinkerten ihr aufmunternd zu, wirkten dabei aber selber so nervös, als müssten sie mit ihren linken Händen aus Streichhölzern den Eiffelturm nachbauen.

Ihr Schulrucksack bewegte sich vor Doros Füßen hin und her. Was sollte das denn jetzt? Doch in der nächsten Sekunde wurde sie von dem Räuspern der Direktorin abgelenkt, die ihre Hände auf dem Tisch verschränkte. Seufzend blickte sie zwischen der Schülerin und den dazugehörigen Eltern hin und her, um dann wortlos eine graugelbe Pappmappe zu öffnen. Die Mappe Dorothea Schippers, vermutete Doro. Miserable Komma- und Klimazonensetzerin. Häufig nicht da, oder wenn, dann müde oder bockig oder am Thema vorbeiredend.

Sie war nicht stolz darauf.

»Ich bin nicht stolz darauf. Ich sag's gleich.«

Angriff war ihre bewährte Verteidigung und Ehrlichkeit die heutige Strategie. Zur Sache kommen und allen den Wind aus den Segeln nehmen. Oder das Gift aus dem Stachel.

»Fangen wir mal der Reihe nach an«, erklärte die Direktorin ruhig. »Wiederholtes Schulschwänzen, Noten im unteren Bereich, häufige Störungen des Unterrichts durch Reden, Beschweren, Kichern, Einschlafen.«

Die Schippers-Eltern sahen überfordert zu Doro herüber. Sie sagten nie viel und umso weniger, wenn sie mit fremden Menschen in fremden Räumen waren.

»Ich denke …«, versuchte es ihr Vater tapfer.

»Ich, äh, auch, also …«, stotterte ihre Mutter.

Doro musste selbst kämpfen. Um den Platz in ihrer Klasse, neben Yade, in der Nähe von Grübchen-Alex und Herrn Tiemann, der trotz allem der beste Lehrer der Welt war.

»Erst mal: In Erdkunde hatte ich vor Kurzem eine Zwei minus.«

Frau Strohbeck lachte auf.

»Warum lachen Sie?«, fragte ihre Mutter ungewohnt scharf.

»Jedes blinde Huhn findet mal ein Korn.«

»Sprechen Sie hier von Wahrscheinlichkeiten?« Ihr

Vater wirkte seltsam begeistert bei seiner Frage. »War es denn eine Ja-oder-nein-Aufgabe?«

»Nein. Ich fragte nach einer Flussquelle.«

»Nun, da gibt es sicher Hunderte auf der Welt.«

»Tausende«, stellte die Strohbeck richtig.

»Umso besser. Die Wahrscheinlichkeit, dass meine Tochter aus purem Zufall, wie Sie andeuteten, die richtige Antwort gefunden hat, beträgt so höchstens 0,1 Prozent.«

Irritiert sahen sich Frau Strohbeck und die Direktorin an. Ihre Eltern waren hier wirklich überhaupt keine Hilfe.

»Papa, sie meint, dass ich zu doof fürs Gymnasium bin.«

»Das ist unwahrscheinlich«, beharrte ihr Vater.

»Was denken Sie denn, Herr und Frau Schippers: Ist Doro bei uns an der Schule richtig?«

Frau Schippers setzte sich aufrecht hin und legte zu Doros Überraschung für eine scheue Naturwissenschaftlerin ziemlich knackig los: »Meine Tochter ist die Einzige von uns, die überall klarkommt. Sie hat eine beste Freundin. Sie kapiert, wenn jemand Hilfe braucht. Sie weiß immer, was zu tun ist. Warum sollte sie hier nicht richtig sein?«

Ihr Vater nickte eifrig.

Frau Strohbeck griente Doros Mutter hochnäsig an:

»Es geht auf dem Gymnasium nicht um soziale Kompetenzen.«

Die Direktorin räusperte sich energisch.

»Nicht nur zumindest«, fügte die gelockte Lehrerin schnell hinzu. »Es geht vor allem um die Fähigkeit, Aufgaben zu lösen, sich Wissen anzueignen und es anzuwenden.«

»Ich hatte in Erdkunde immer eine Fünf«, warf Herr Schippers verträumt ein. Das fand Doro nun so wenig hilfreich, dass sie vor lauter Hilflosigkeit loskicherte.

»Du findest das alles lustig, ja?«, pfiff die Strohbeck sie an. Aber Doro konnte nicht aufhören, auch, weil sich ihr Rucksack bewegte, als würde Maximilian darin sackhüpfen. Ihr Kichern steigerte sich zu einem handfesten Lachanfall. Entsetzt starrten die Erwachsenen sie an. Doro versuchte, sich zu beherrschen und an ihren Plan zu denken, die ganze Geschichte zu erzählen. Aber sie lachte immer lauter.

»Dorothea, bitte«, rügte die Direktorin sie und wandte sich, als Doro nicht aufhörte zu gackern, an ihre Eltern: »Wir reden hier nicht nur über Leistungen. Ihre Tochter hat mehrfach die Schule geschwänzt. Wir waren bisher sehr geduldig mit ihr, haben ihr mehrfach die Hand gereicht. Sie durfte sogar einen Chemie-Leistungskurs besuchen!«

Erstaunt schaute ihre Mutter zu ihr herüber. Doro

nickte kichernd. Es erschien ihr urkomisch, dass sie mal versucht hatte, mit Maximilian Ursuppe zu kochen.

»Sie hat uns immer wieder enttäuscht mit ihrem Verhalten«, fuhr Frau Dr. Peetz fort. »Ich denke, Doro braucht eine spezielle Förderung. Das können wir ihr auf unserem leistungsbetonten Gymnasium leider nicht ermöglichen.«

»Das tut mir ja auch alles leid!«, lachte Doro. Ihr Vater begann mitzuglucksen. Ihre Lage wurde immer aussichtsloser.

Aber Frau Schippers gab nicht auf. »Ich glaube, Doro dachte, wir halten sie alle für dumm. Und wissen Sie was? Wir dachten wirklich, sie wäre nicht so schlau wie wir. Wir haben aufgehört, ihr Dinge zu erklären oder sie für Mathe, Physik oder Bücher zu interessieren. Mein Mann und ich sind dafür verantwortlich, dass sie nicht gern lernt. Zu einem großen Teil zumindest.«

Doros Lachen erstarb.

Etwas Ähnliches hatte sie sagen wollen. Dass sie gespürt hatte, dass ihre Eltern nicht mehr an sie glaubten. Der Anfang der Geschichte.

»Ich weiß noch genau, wie ihr mir mal zu Weihnachten einen Chemiebaukasten geschenkt habt. Ihr habt genau beobachtet, was ich damit mache. Ich habe solche Angst bekommen, einen Fehler zu machen, dass ich einfach alles durcheinandergemischt habe. Damit es vorbei ist und ich den Kasten nicht mehr benutzen kann.«

»Ich erinnere mich«, sagte ihr Vater leise. »Ich dachte, dass dich das nicht interessiert. Dass es zu schwer für dich ist. Es tut mir leid.«

»Mir auch, Doro«, sagte ihre Mutter.

»Okay.«

Das Gesicht der Direktorin zeigte den Anflug eines Lächelns. »Würdest du denn gern lernen, Doro? Hast du vor, etwas zu ändern?«

»Ja.« Sie meinte es so.

»Gut.«

Die Direktorin wollte gerade die gelbgraue Mappe schließen, als Frau Strohbeck sie aufhielt.

»Ich bin nicht mehr bereit, dieses Mädchen zu unterrichten. Ganz ehrlich: Hätte Doro keine Superwissenschaftler als Eltern, wäre sie doch längst geflogen, Frau Dr. Peetz!«

Die Direktorin dachte über die Worte des Skorpions nach. Jetzt war es an Doro, zu kämpfen.

»Ich will auch nicht mehr in einen Unterricht gehen, wo die Lehrerin stöhnt, wenn ich etwas nicht weiß. Oder wo sie ›So doof kann man doch nicht sein!‹ zu mir sagt.«

Irritiert drehte sich die Direktorin zu Frau Strohbeck um.

»So etwas sagen Sie zu Ihren Schülern?«

»Ich?«, wich die Lehrerin aus. »Ich behandele meine Schüler respektvoll. Ich bin ausgeglichen und höflich im Unterricht.«

Der Rucksack ruckte weiter in Richtung Strohbeck. Doro sah, wie der Prinz vorsichtig herauslugte.

»Was hast du da in deiner Tasche?«, kreischte die Erdkundelehrerin wenig ausgeglichen.

»Nichts!«

»Sehen Sie? Immer lügt sie!«

»Was haben Sie denn plötzlich?«, wollte Frau Dr. Peetz überrascht wissen.

»Da! In dem Rucksack!«

Alle blickten von Doros Tasche, die reglos auf dem Boden stand, hinüber zu Frau Strohbeck. Eine kleine Hand streckte sich aus dem Hauptfach und zeigte der Lehrerin ungesehen von allen anderen den Stinkefinger.

Dass der 1823 schon bekannt war, wunderte Doro.

»Was ist da drin?«

Der Lockenkopf riss den Rucksack hoch. Zeitgleich sprang Doro auf und klammerte sich an ihrer Tasche fest.

»Das dürfen Sie nicht!«, rief sie.

»Das denke ich allerdings auch!«, mahnte Frau Dr. Peetz.

Die Strohbeck riss so ruckartig am Rucksack, dass Doro nach vorn taumelte. »Da drin hat mir was den Stinkefinger gezeigt!«, zeterte sie.

»Was soll das?!«, mischte sich Frau Schippers ein.

»Geben Sie der Schülerin sofort ihre Tasche wieder!«, forderte auch Frau Dr. Peetz.

Völlig neben der Spur ließ die Lehrerin los und donnerte auf ihren hohen Absätzen nach draußen. Doro und ihre Eltern setzten sich wieder. Ihr Vater konnte ein Grinsen nicht verbergen.

Dr. Peetz schloss endgültig Doros Mappe.

»Ich würde sagen, wir vereinbaren eine Probezeit bis zum nächsten Sommer. Einverstanden?«

»Einverstanden«, antworteten die Schippers erleichtert.

Der Erdkundeunterricht fiel aus, weil Frau Strohbeck für diese Woche beurlaubt worden war. Doro war froh, ihre schrecklichen T-Shirts erst mal nicht mehr sehen zu müssen.

Herr Tiemann kam in der zweiten Stunde in die Klasse. Die Oma passte auf sein Baby und seine vergrippte Frau auf. Er freute sich, Doro zu sehen, auch wenn er es nicht zeigen wollte. Wahrscheinlich musste er erst mal die Lage checken.

Sie begannen mit Dezimalbrüchen. Maximilian wollte ihr vorsagen, aber Doro versuchte, die erste Aufgabe selbst zu lösen, und die weiteren auch. Am Ende der Stunde gelang ihr zumindest eine der einfacheren Aufgaben.

Hungrig wollte sie in der Pause ihr selbst geschmiertes Brot essen, aber das hatte Maximilian bereits besorgt, dessen Hemd am Kragen aufgeplatzt war. Yade fingerte etwas Samtblaues aus ihrer pfirsichfarbenen Umhängetasche.

»Ich habe etwas für ihn geschneidert, seinem Stand angemessen«, flüsterte sie. Sie schnappte sich den Rucksack mit dem Prinzen und setzte sich auf eine Bank, wobei sie kurz prüfte, ob jemand guckte. Dann lächelte Yade bezaubernd in den Rucksack hinein. Doro wollte sich neben sie auf die Bank werfen, aber da zeigte ihre Freundin hinter sie.

Doro drehte sich um. Vor ihr gruben sich zwei Grübchen in ein Paar Jungenwangen. Jetzt oder nie, dachte Doro.

»Wollen wir mal was machen, Alex?«

»Als ob!«

»Also nicht?«

»Doch!«

Er kniff in Doros Wangen und rannte weg.

»Der ist voll verknallt in Doro«, hörte sie Yade in den Rucksack säuseln, in dem Maximilian seine neuen Samtklamotten angezogen hatte.

Sie war auch voll verknallt, kapierte Doro endlich.

Es fühlte sich an, als würde sie fliegen.

Das goldene Haar

Noch am selben Tag erstand Herr Schippers mit dem Preisgeld der Fields-Medaille sein erstes Pferd. Er stellte Tasso in einem schönen, neuen Stall unter, schenkte Yade eine Reitbeteiligung und engagierte sie als Pflegerin. Den Boxhagen sah Doro danach nur noch einmal: Als sie auf Elwood von der Schule nach Hause fuhr und komischerweise einen silbernen Porsche Cabrio überholte. Sein Fahrer, der Boxhagen, würgte ihn alle paar Meter ab.

Einen Tag nach dem Pferdekauf wurde der Prinz ohnmächtig, als die Birnchen ihm das Internet vorführten. »Es übersteigt meine Vorstellungskraft«, hauchte er und kippte aus seinen von Yade gehäkelten Schühchen. Die Zwillinge beeilten sich, ihm nach seinem Erwachen alles zu erklären. Ohne zu streiten, fingen sie bei Soemmerings Wasserblasen-Telegrafen an, was Maximilian beruhigte, denn mit dem Ding kannte er sich aus.

Drei Tage vor Weihnachten und eine Stunde vor Ablauf der Frist veröffentlichte Frau Schippers mit Saschas Hilfe einen Artikel über ihre 20 Aminosäuren. Der Aufsatz wurde von der weltwichtigsten Chemiezeitschrift gedruckt. Eine Woche bevor sie endgültig zu alt war, wurde Doros Mutter wegen des Superartikels zur Professorin ernannt. Sie bekam eine eigene Gruppe mit fünf Mitarbeitern. Jetzt sollte sie in ihrem neuen Riesenlabor herausfinden, wie aus den Aminosäuren die ersten Lebewesen entstanden waren.

Am Silvesterabend maß der Prinz 165 Zentimeter, also neun mehr als zu seiner Zeit. Dabei blieb es vorerst. Die Schippers mussten ihn nun nicht mehr verstecken, im Gegenteil: Sie machten aus Maximilian dem Zweiten einen entfernten Cousin aus Bayern, Maximilian Schippers, der wegen einer kranken Mutter zu ihnen gezogen war. Herr Schippers erstellte am Computer eigenhändig die Geburtsurkunde, wofür er tagelang und mit schlechtem Gewissen herumexperimentierte. Aber wie hätten sie Maximilian sonst an Doros Schule anmelden sollen?

In den Winterferien waren Doro und der Prinz ohne ihre Liebsten: Yade war mit ihren Eltern zur Oma in die Türkei gereist, Alex zur Tante nach Bielefeld. Doro wusste, dass sich der Prinz und Yade schon ein bisschen geküsst hatten. Sie und ihr Grinsegrübchen hatten sich immerhin einmal an den Lippen berührt, weil Doro beim Herumalbern gestolpert war. Das Geheimnis des Prinzen hatte sie ihrem Freund nicht erzählt.

Wie jeden Morgen lasen Doro und der Prinz auch heute am Frühstückstisch die Tageszeitung. Maximilian wollte wissen, was die Leute heutzutage interessierte. Im Lokalteil entdeckte Doro eine Anzeige des Historischen Museums.

»Maxi, die Königsausstellung ist heute zum letzten Mal geöffnet. Willst du da nicht mal hin? Sehen, was in der Vergangenheit so aus dir geworden ist?«

Entgeistert blickte Maximilian, der jetzt grüne Jeans statt blauer Samthosen trug, von seinem Bundesligabericht hoch. Er liebte das für ihn neue, wilde Spiel: Fußball.

»Ich bin offen gestanden unschlüssig.«

Seine altmodische Sprache wurde er auch mit hippen Klamotten nicht los, dachte Doro grinsend.

»Sagt man das nicht so?«

»Ich weiß nicht.«

»Das musst du doch wissen. Es ist deine Zeit.«

»Ich würde eher sagen: ›Ich weiß nicht, ob ich hingehen will.‹ Also: Gehen wir jetzt hin?«

Der Prinz überlegte eine Weile.

»Doch. Herzlich ... Echt gern.«

Sie verabschiedeten sich von ihren Eltern und den Birnchen, die noch in Schlafanzügen auf dem Sofa lümmelten und fernsahen. Maximilian nahm Doros Parka von der Garderobe, unter dem jetzt ein Foto von ihr hing. Frau Schippers hatte Einstein, Schrödinger und Erxleben abgenommen und durch Bilder ihrer drei Kinder ersetzt.

Draußen stiegen sie mit dampfendem Atem auf die eiskalten Sättel ihrer Räder: Doro auf Elwood, den die Zwillinge mit einem perfekten Kautschukreifen wieder startklar gemacht hatten, und Maximilian auf das Fahrrad ihres Vaters. Er hatte nachts viele Stunden mit Doro üben müssen, denn Fahrräder zum Treten gab es 1823 komischerweise noch nicht.

In einer Kurve legte Maximilian sich fast lang, weil er eine zugefrorene Pfütze übersehen hatte. Sie erreichten trotzdem heil das Historische Museum, an dem ein Stoffbanner mit einem alten König darauf angebracht war.

»Großvater Ludwig«, murmelte der Prinz verschreckt.

Vielleicht war es eine echt beknackte Idee gewesen, hierherzukommen, überlegte Doro.

»Vermisst du deine Familie?«

Sie hatte ihn das immer schon fragen wollen, sich aber nie getraut. Weil sie Angst gehabt hatte, dass Maximilian zurückwollte. Dass er irgendwo noch immer dieses goldene Haar besaß, das sie nie ausprobiert hatten.

»Meine Eltern nahmen sich nie Zeit für mich. Als Kind durfte ich nie mit anderen spielen, nicht mal mit meinen Geschwistern. Nie war ich gut genug, nie konnte ich es irgendjemandem in meiner Familie recht machen. Warum sollte ich diese furchtbaren ›Nie‹ vermissen?«

Prüfend sah Doro in die schönen karamellbraunen Augen, die sie entspannt anlächelten: »Und selbst wenn ich sie vermissen würde, was änderte das? Meine Zeit ist vergangen. Ich glaube, diese Ausstellung zeugt davon.«

Gut gelaunt marschierte der Prinz zur Kasse. Doro folgte ihm. Niemand fragte die beiden nach ihrem Alter.

In der Marmorhalle liefen sie schweigend an Maximilians vergangenem Leben vorbei. Vor einem Bett blieb der Prinz stehen. War das seines gewesen?, überlegte Doro. Aber ihr Freund betrachtete nur den Mann in der Lederjacke, der an dem roten Samtkissen am Kopfende schnüffelte.

»Das macht der immer«, flüsterte Doro ihm leise zu.

»Weiß er nicht, dass die Wäsche früher mit Schweinetalg gewaschen wurde?«, antwortete Maximilian laut.

Die Lederjacke fuhr angewidert hoch.

Vor seinem Porträt machte der Prinz halt.

»Rossa fehlt mir durchaus«, murmelte er wehmütig und trat näher an sein Bild heran, als die schmallippige Museumswärterin anrückte. Sie wollte gerade loszischen, glotzte dann aber baff zwischen dem Jungen in den grünen Jeans und dem Prinzen auf dem Ölgemälde hin und her. Maximilian und Doro liefen grinsend weiter. Wie stinknormale Besucher begutachteten sie unzählige Teppiche, Silberbestecke und Bilder, bis sie die Ausstellung verließen.

Auf der Treppe zum Historischen Museum teilten sich die beiden eine Portion heiße Pommes rot-weiß in einer Schale aus Esspapier, die Maximilian schwer beeindruckte.

»Wie intelligent ihr versucht, Müll zu vermeiden. Allein, warum verkaufen eure Supermärkte so viel Essbares in Plastik?«

Darauf fiel Doro keine Antwort ein.

Als Maximilian sich zur Pommesschale herunterbeugte, strich er mit einer Hand seine länger gewordenen Haare aus der Stirn. Doro entdeckte das glitzernde Haar sofort, sagte aber nichts. Ob er damit wirklich in sein altes Leben zurückkehren könnte? Der Prinz lehnte sich kauend zurück und das goldene Haar verschwand unter blonden Strähnen.

Christina Erbertz

© Torsten Scherz

Christina Erbertz, geboren 1973, studierte Anglistik in Bochum und Drehbuch an der Deutschen Film- und Fernsehakademie Berlin. Sie arbeitet als Drehbuchautorin (Sesamstraße, Beutolomäus, Löwenzahn) und lebt heute mit ihrer Familie in Berlin. Bei Beltz & Gelberg erschien von ihr zuletzt »Freddy und der Wurm« (illustriert von Maria Karipidou).

Daniel Napp

© Marcus Herrenberger

Daniel Napp, geboren 1974, studierte in Münster Grafikdesign. Schon während seines Studiums wurde er mehrfach ausgezeichnet. Er arbeitet als freier Illustrator und hat bereits zahlreiche Bilder- und Kinderbücher illustriert. Bei Beltz & Gelberg erschien von ihm »Achtung, hier kommt Lotta!«, außerdem illustrierte er »Oma und die Miethaie« von Tanya Lieske.